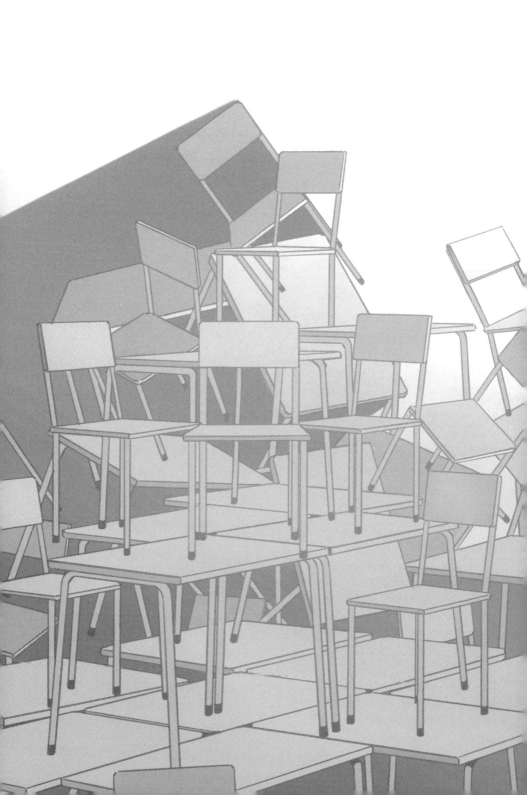

너를 좋아해서 그런 거야

VivaVivo 47

바바라 디 지음 | 김선영 옮김

뜨인돌

조약돌

9월 내내 우리 넷은 매일 밖으로 탈출했다. 바깥 날씨가 포근하기도 했고 (사실 가을치고는 좀 더웠다) 학교 식당에서는 소독약에 체더치즈를 섞은 것 같은 기묘한 냄새가 났다. 그래서 점심시간 종이 울리면 우리는 요거트, 감자 칩, 사과를 대충 집어 들고 운동장으로 뛰쳐나갔다. 그러면 주어진 30분 동안 농구를 할 수도 있고, 한 바퀴 달릴 수도 있고, 친구들과 이야기하며 산소다운 산소를 마실 수도 있었다.

오늘은 오미의 생일이라 우리는 깜짝 생일 파티를 계획하고 있었다. 맥스가 오미를 학교 식당에 잡아 둔 사이, 나와 자라가 빠져나와 운동장 한쪽에 조약돌로 오미의 이름을 딴 대형 동그라미를 만들 예정이었다. 이건 내 아이디어다. 오미의 진짜 이름은 나오미-자신타 두아르테 차베스인데, 줄여서 그냥 '오미'라고 부른다.

오미는 자연에서 수집하는 걸 좋아한다. 조개껍데기든 새의 깃털이든 돌멩이든 색깔이나 모양이 독특하면 무엇이든 수집했다. 우리는 다 같이 동그라미 안에 들어가 생일 기념으로 오미를 안아 주고, 생일 선물로 귀여운 빨간색 파우치를 줄 계획이었다. 파우치에는 조약돌 모양의 M&M's

초콜릿을 모양과 색깔이 모두 다르게 넣었다. 우리의 생일 파티는 아무나 다 불러서 컵케이크를 먹는 것 같은 유치한 파티일 수 없었다. 그런 건 초등학생 때나 하는 거였다. 우리에게는 우리만의 은밀한 파티가 필요했다.

그러나 막상 실행에 나섰을 때, 나와 자라는 건물 밖으로 나가자마자 점심시간 질서 지킴이 와르다크 선생님에게 가로막혔다. 평소라면 선생님도 우리를 눈감아 주고 우리도 선생님을 못 본 척했을 텐데, 무슨 이유인지 오늘은 아니었다.

"너희들 왜 여기 있지? 점심부터 먼저 먹어야 할 텐데."

자라가 대답했다.

"선생님, 오늘이 친구 생일이어서요. 저희가 조약돌로 친구 이름을 만들 거예요."

와르다크 선생님의 호루라기가 가슴 앞에서 출렁였다.

"뭘 할 거라고?"

내가 나섰다.

"첫 글자만 만드는 거예요."

"조약돌로? 그게 생일 선물인 건가?"

입고 있는 북슬북슬한 녹색 스웨터가 답답해졌다. 이런 이야기를 하고 있을 시간이 없었다. 중학교 2학년의 생일이 어떤 것인지 설명할 시간은 더 없었다. 이렇게 말이 안 통한다면 더더욱. 나는 재빨리 대답했다.

"그게 다는 아니고요. 그냥 저희가 만들어 주고 싶어서요. 선생님, 저희 진짜 급하거든요. 친구들이 금방 나올 거라서요. 그러니까 제발요."

와르다크 선생님은 한숨을 쉬었다. 정상적인 사람이 바라는 생일 선물은 조약돌과는 전혀 상관없는 상자 속에 든 물건이라는 점을 설명해 줄

힘은 없는 것 같았다.

"알았다. 어쨌든 끝나면 놀던 자리는 깨끗하게 정리해야 해. 애들이 농구 경기하다가 걸려서 넘어지면 안 되니까."

자라가 장담했다.

"걱정하지 마세요. 농구 골대 근처에도 안 가고 정반대 편에 있을 거예요. 저희는 늘 그쪽으로 가요. 왜냐하면 거기가 더 조용—"

나는 자라의 소매를 끌었다. 자라는 시간관념이 부족할 때가 있다. 우리가 점심시간에 하는 일을 일일이 와르다크 선생님에게 알릴 이유는 전혀 없었다.

우리는 운동장 가장자리로 갔다. 가장자리에는 학교와 학교 밖을 나누는 조약돌 밭이 길게 펼쳐져 있다. 나와 친구들은 점심시간에 이곳에서 놀거나 이야기한다. 노래를 부르기도 하고(주로 자라가 부른다. 자작곡을 세계 최초로 공개하기도 한다) 조약돌을 수집하기도 한다(대부분 오미다. 가끔은 나도 합류한다). 맥스하고 나는 다른 애들이 운동장에서 하는 '술래 안 잡기' 게임을 할 때도 있다. 초등학교 때 하던 술래잡기와 비슷하지만 뭔가 엄청나게 복잡한 규칙이 있는 버전이다. 보통 우리 네 명이서 놀지만, 점심시간이 끝나면 나는 밴드부 연습을 하러 가기 때문에 오후에는 같이 다닐 수가 없다.

"밀라, 이 돌 좀 봐! 진짜로 보라색이야!"

쪼그리고 앉아서 조약돌을 모으던 자라가 나를 향해 외쳤다.

"와, 이건 화살촉 모양인데! 아니, 오클라호마주처럼 생긴 것 같아!"

나는 한 움큼 모은 조약돌을 바닥에 내려놓으며 말했다.

"자라, 하나하나 고를 시간 없어. 빨리 동그라미 만드는 거 좀 도와줘!"

"아, 알겠어, 알겠다니까."

자라는 심통이 난 척했다.

"밀라, 우리 얼마나 크게 만들까?"

"우리 네 명이 다 들어갈 정도는 돼야 해. 오미의 알파벳 O이자, 우리 우정의 동그라미기도 하니까."

우정의 상징은 방금 떠오른 생각이었다. 좋은 생각인지 유치한 생각인지는 잘 모르겠다. 하지만 자라는 무척 좋아했다.

"우리 우정의 동그라미! 밀라, 바로 그거야!"

자라는 노래를 부르기 시작했다.

"우리 우정의 도옹그으라미이—"

"으앗! 자라, 빨리 하자! 저기 오미가 오고 있어!"

맥스와 오미가 농구공을 피하며 달려오고 있었다. 운동장 한쪽에서는 점심을 먹은 애들이 농구 시합을 하고 있었다. 평상시처럼 캘럼과 리오, 단테, 토비아스가 몸싸움을 벌였다. 농구공이 운동장 바닥에 탕탕 튀었다. 서로를 부르는 소리, 웃음소리, 환호 소리, 항의 소리가 이어졌다.

"여기! 여기로! 나한테 던져!"

캘럼이 외쳤다. 캘럼의 목소리는 언제나 또렷하게 들린다.

자라와 내가 막 동그라미를 완성했을 때, 맥스와 오미가 도착했다. 자라가 두 팔을 활짝 벌리며 외쳤다.

"생일 축하하하하해! 오미! 봐봐! 우리가 널 위해 동그라미를 만들었어! 네 이름이기도 하고, 또 우리 우정의 동그라미기도 해!"

자라는 내 시선을 눈치채고 덧붙였다.

"우정 이야기는 밀라 아이디어야."

오미가 손뼉을 치며 웃었다.

"너무 마음에 들어! 예쁘다! 고마워! 평생 보물로 간직할게!"

나는 빙그레 웃었다.

"평생은 안 될 거야. 일회성 작품이니까."

맥스가 크고 푸른 눈을 반짝이며 거들었다.

"맞아. 이를테면 모래성이지. 혹시 불교 승려들이 모래로 그리는 '만다라'라는 거 본 적 있어? 색깔이 다른 모래로 말도 안 되게 완벽한 작품을 완성했다가 나중에 싹 쓸어 버려. 일부러 그러는 거야."

맥스네 엄마는 불교 신자다. 그래서 이런 이야기를 아주 잘 안다.

"맥스, 좋은 이야기야. 그렇지만 주제에서 좀 벗어난 것 같아."

자라는 맥스에게 대꾸하면서 오미를 동그라미 안으로 밀었다.

"생일 기념 안아 주기! 다들 들어와!"

우리는 동그라미 안에 모여 서로의 어깨에 팔을 둘렀다. 넷 중에 키가 제일 작은 나는 눌리는 바람에 동그라미 가운데로 들어갔다. 정면으로 자라의 빗장뼈가 보였다. 미처 몰랐는데, 자라의 빗장뼈에는 가무잡잡한 원래 피부보다 두 단계쯤 짙은 작은 달팽이 모양의 점이 있었다.

오미가 깔깔거렸다.

"고마워, 얘들아. 그런데 제발 생일 축하 노래까지 부르지는 말아 줘!"

"오미, 미안해. 상부의 명령이야."

자라는 특유의 맑은 저음으로 우렁차게 노래를 시작했다. 나와 맥스도 합세했다. 음정이 조금 안 맞았지만, 상관없었다.

"사랑하는 오미의—"까지 왔을 때, 뭔가가 내 어깨를 훑는 게 느껴졌다. 누군가의 손이었다. 한쪽에서 농구를 하던 남자애들이 우리 네 사람을 순식간에 에워쌌다. 캘럼과 리오, 단테, 토비아스는 우리 바깥에서 서로의 어깨를 단단히 엮은 채 노래를 따라 부르기 시작했다. 그것도 노래라고 할 수 있을지 모르겠지만.

"생일 축하합니다아아아!"

캘럼이 내 머리에 대고 고함을 질렀다. 그 숨결이 목에 닿자 소름이 돋으며 몸이 떨렸다. 노래가 끝났는데도 남자애들은 어깨를 풀지 않았다. 캘럼은 내 초록색 스웨터를 꽉 쥐고 놓지 않았다. 남자애들 특유의 땀 냄새가 피자 냄새와 섞여서 풍겼다. 나는 숨을 되도록 천천히 이 사이로 내쉬었다.

"리오, 너희 지금 뭐 하는 거니? 누가 너희더러 같이해도 된댔어?"

자라가 너무 크다 싶을 정도로 웃음을 터뜨렸다. 어쩌면 내가 너무 가까이에 있어서 그렇게 느꼈을지도 모른다. 리오가 대답했다.

"너무 그러지 마. 우리는 그냥 생일을 축하해 주려고 한 거란 말이야. 자라 너 말고, 오미한테."

순간 자라가 주춤했다. 어쩌면 나밖에 못 봤을 수도 있다. 그렇지만 나는 자라가 리오한테 반한 걸 알고 있었다. 리오는 물결치는 밝은 금발 머리카락과 초록색 눈동자, 약간의 주근깨를 갖고 있었다. 리오는 귀여웠다. 하지만 자기가 귀여운 걸 너무 잘 아는 타입이었다.

나는 어깨를 들썩여 봤지만 캘럼은 손의 힘을 풀지 않았다. 이제는 겨드랑이가 축축할 지경이었다.

"그래, 고마워! 그런데 나 좀 눌리는 것 같아. 너희 이제 좀―"

오미가 외치자 리오가 대답했다.

"앗, 미안! 오미, 생일 축하해! 그럼 안녕!"

9

비둘기 떼가 흩어지듯 남자애들은 순식간에 농구 코트로 물러갔다. 나는 재빨리 친구들과 떨어져 숨을 제대로 쉬었다. 그리고는 스웨터에 붙은 남자애들 입자를 털어 냈다.

"뭐야, 쟤들 좀 이상해."

"밀라, 유치하게 그러지 마. 쟤들은 그냥 친하게 지내자는 거야."

자라의 말에 나는 코웃음을 쳤다.

"그렇게 누르는 게 친하게 지내고 싶은 사람이 할 행동이야?"

맥스가 말했다.

"자라 넌 리오를 좋아하니까 그렇게 말하는 거잖아."

자라는 픽 웃었다.

"맥스, 알겠어. 맞아. 아까 일은 무척 당황스러웠어. 그렇지만 좀 다정한 일이기도 하잖아. 오미, 안 그래?"

"난 잘 모르겠는데. 뭐, 그럴 수도 있고."

오미는 어깨를 으쓱했지만 얼굴은 웃고 있었다. 볼도 발그레했다. 맥스는 긴 머리로 얼굴을 가리고 있어서 표정이 보이지 않았다. 맥스가 중얼거렸다.

"어쨌든, 저 녀석들이 동그라미를 망쳐 버렸어."

맥스 말이 맞았다. 조약돌들이 사방으로 흩어져 있었다. 우정의 동그라미도, 오미를 위한 알파벳 O도 없었다. 내가 말했다.

"쳇, 그래도 어쨌든 와르다크 선생님한테 조약돌 다 치우겠다고 약속했으니까 이제 슬슬 원래대로 돌려놔야 했어."

"와르다크 선생님?"

"그 있잖아. 점심시간 질서 지킴이 선생님."

내가 조약돌을 운동장 바깥으로 차기 시작하자 맥스도 함께 차기 시작했다. 자라가 답답하다는 듯이 말했다.

"밀라, 그런 약속을 누가 신경 쓴다고 그래. 어차피 진짜 선생님도 아니잖아. 그리고 그 선생님은 이런 거 상관 안 해."

자라는 오미의 손을 잡았다.

"오미, 선물이 하나 더 있어. 조약돌보다 훨씬 더 좋은 거야. 이거 봐!"

자라는 청바지 주머니에서 조약돌 초콜릿이 든 파우치를 꺼냈다. 오미가 환호성을 질렀다.

"너희들 진짜! 나 이거 너무 좋아하는데! 어떻게 알았어?"

자라가 활짝 웃으며 대답했다.

"우린 너랑 제일 친한 친구잖아. 언제나 너한테 신경 쓰고 있다고."

나는 하마터면 조약돌은 내 아이디어였다고 말할 뻔했다. 그렇지만 생각을 바꿨다. 그건 친한 친구들 사이에서 할 행동이 아니니까.

스침

친구들이랑 함께 있는 점심시간을 빼면, 내가 학교에서 가장 좋아하는 시간은 밴드부 시간이다. 지루한 날도, 최악인 날도, 그저 그런 날도, 트럼펫을 불기 시작하면 탁 트인 하늘이 눈앞에 펼쳐지는 것 같다. 마치 끝없는 공간에 서 있는 느낌이다. 거기에는 사람도, 구름도, 건물도, 아무것도 없다. 그저 광활한 풀밭과 푸르른 하늘뿐이다. 트럼펫을 연주하다 보면 세상이 파랗게 변한다. 정말로 파란색이 보인다는 게 아니라, 그런 느낌이다. 고요하게 탁 트여서 끝없이 이어질 것 같다. 큰 소리를 내는 느낌도 아주 좋다. 학교 선생님들은 온종일 우리에게 조용히 하라고만 한다. 소음 금지, 웃음 금지, 잡담 금지다. 심지어 수학 선생님은 학생들이 한숨을 너무 크게 쉰다고 불평한 적도 있다. 반면 밴드부 연습 시간은 하루 중 유일하게 큰 소리를 낼 수 있는 시간이다. 반드시 큰 소리를 내야 하며, 소리는 크면 클수록 좋다.

점심시간에 이상한 일까지 있었던 오늘, 나에게는 밴드부가 정말로 필요했다. 그런데 트럼펫 열의 내 자리에 앉으니 평소와 다른 분위기가 읽혔다. 애들이 삼삼오오 모여서 달뜬 분위기로 웃고 떠들고 있었다. 원래는 각자 자리에서 악기를 준비하고 있어야 했다. 나는 내 오른쪽에 앉은 로언 크롤리에게 물었다.

"오늘 무슨 일 있어?"

로언이 목소리를 낮춰 말했다.

"악기별로 리더를 발표할 거래. 트럼펫은 캘럼이라는 거지, 뭐."

그러자 단테가 동의하며 장난처럼 캘럼을 밀었다.

"분명히 너야."

캘럼이 씩 웃었다. 나는 캘럼을 쳐다볼 수조차 없었다. 트럼펫을 케이스에서 꺼내서 조각천으로 쓱쓱 닦기 시작했다.

"자, 이제 시작해 볼까?"

펜더 선생님이 지휘봉으로 보면대를 두드렸다.

"2학년 악기별 리더를 발표할 거야."

모두가 하던 이야기를 뚝 그쳤다. TV에서 새소리로 요란한 나무에 매나 여우가 등장하는 광경을 본 적이 있다면 알 것이다. 순식간에 새소리가 사라진다. 밴드부 연습실의 분위기가 그랬다. 의자를 끄는 끼익 소리만 들렸다.

이상하게도 심장이 두근거렸다. 물론 내 트럼펫 실력은 꽤 괜찮다. 여름방학 때 트럼펫을 잘 부는 고등학생인 에머슨 언니한테 과외도 받았다. 그렇다고 리더로 뽑히리라 기대하는 건 아니었다. 펜더 선생님은 특별히 아끼는 학생을 두는 타입이다. 클라리넷의 사미라 스펄록과 색소폰의 애너벨 조가 내가 꼽는 선생님의 애제자 1순위와 2순위다. 그리고 트럼펫의 캘럼이 3순위였다. 2학년 연습을 시작한 게 고작 몇 주 전이었다. 그런데도 이미 확실하게 정해졌다. 선생님은 새 악보를 나눠 줄 때마다 캘럼에게 일어나서 시범으로 연주하라고 했다. 트럼펫 열만이 아니라 밴드부 전원이 듣게 했다.

캘럼이 실력이 없다는 뜻이 아니다. 내가 질투한다는 뜻도 아니다. 다만 궁금하다. 왜 늘 캘럼일까? 펜더 선생님이 말했다.

"먼저 확실히 하자. 리더는 영예로운 자리야. 하지만 동시에 큰 책임이 따른다는 것도 명심해. 하루라도 연습을 게을리하면 자리는 바뀌게 될 거야."

펜더 선생님은 엄격한 표정으로 보면대 너머의 밴드부를 바라봤다.

"이번 학기는 특별히 우리가 야심 차게 준비하는 가을 음악제 공연이 있어. 선생님은 믿을 만한 리더가 필요해. 그건 우리 모두 마찬가지지."

펜더 선생님은 여기서 말을 멈추며 황금빛 금발을 쓸어 넘겼다. 음악 선생님들은 타이밍을 잘 안다. 선생님은 엄격한 표정을 풀고 빙그레 웃음을 지었다.

"자, 더 시간 끌지 말고 발표할까? 호명된 학생은 자리에서 일어서렴. 클라리넷에 사미라 스펄록. 색소폰에 애너벨 조. 트럼펫에 캘럼 벌리."

'놀랍기도 해라. 선생님의 1순위, 2순위, 그리고 3순위까지.'

트럼펫의 단테와 색소폰의 리오가 농구 시합에서처럼 환호성을 질렀다. 트롬본의 토비아스는 휘파람을 불었다.

캘럼이 자리에서 일어섰다. 갈색 앞머리를 넘겨 흑갈색 눈을 드러낸 다음 친구들을 향해 얼굴을 붉히며 씩 웃었다. 턱시도라도 입은 듯 다른 사람들을 향해 짐짓 정중하게 인사할 때, 캘럼의 손이 내 어깨를 스쳤다. 캘럼은 자신의 손이 내 어깨를 스쳤다는 걸 알까? 몰랐을 것 같지 않았다. 내 스웨터는 녹색에다 표면이 북슬북슬하다. 그러니까 손에 인형이 닿을 거라고 예상한 게 아니라면 캘럼은 깜짝 놀라야 했다. 하지만 캘럼은 점심시간에 오미의 생일 파티를 할 때 내 스웨터를 만져 본 적이 있었다. 손이 스친 건 그때 내 어깨를 꽉 쥐었던 것에 비하면 훨씬 순간적인 데다가 우연 같기도 했다. 그렇지만 분명 사과는 해야 했다. 내 어깨를 다치게 한 게 아니라고 해도 말이다.

그러나 내가 쳐다봤을 때 캘럼은 사과는커녕 내 쪽으로 고개도 돌리지 않았다. 펜더 선생님과 친구들에게 멋져 보이는 일, 밴드부 전원에게 좋은 인상을 주는 데만 주력하는 것 같았다.

밴드부 모두가 캘럼에게 박수를 보내고 있었다. 그래서 나도 함께 박수를 보냈다.

저녁

방과 후, 집에 오면 할 일이 있다.

1. 델릴라 산책 시키기

    (델릴라: 유기견 출신. 착하고 꾀죄죄하고 냄새가 난다. 열 살)

2. 버스 정류장에 해들리 마중 나가기

    (해들리: 내 여동생. 버릇이 없다. 여섯 살)

3. 숙제하기

4. 트럼펫 연습하기

5. 저녁 식사 만들기

그렇다. 과장이 섞였다. 나는 저녁 식사를 '만들지' 않는다. 데운다. 엄마는 몇 년 전 아빠와 헤어진 뒤로 직장에 다니기 시작했다. 그러니까 내가 실제로 하는 일은 엄마가 평일용으로 만들어 둔 음식을 냉동실에서 꺼내 오븐에 넣는 것이다. 엄마는 퇴근하고 오면 언제나 녹초 상태다(엄마의 표현으로는 '뻗기 직전'이다). 그런데도 작은 식탁에 모여 앉아 학교에서 있었던 일들을 세세하게 듣고 싶어 한다. 엄마가 제일 좋아하는 건 친구들 이야기다. 특별히 귀담아 듣는 대목이 있는 것 같은데, 어느 대목인지는 잘 모르겠다.

"그래서, 오미는 초콜릿 좋아했다고?"

그날 저녁, 엄마가 물었다. 베지 칠리(채소가 주재료인 매콤한 스튜 요리)를 거의 다 먹을 때쯤이었다. 해들리가 끼어들었다.

"무슨 초콜릿?"

"오미 생일 선물 말하는 거야. 되게 마음에 들—"

"밀키웨이였어?"

"뭐라고?"

"그 다크 초콜릿? 난 다크 초콜릿 싫어. 그렇지만 화이트 초콜릿은 더싫어. 비누 맛이 나더라고."

"해들리, 아니야. 밀키웨이가 아니었어. 초콜릿인데 조약돌 모양—"

"무슨 초콜릿?"

나는 한숨을 쉬었다.

"그냥 보통 초콜릿이야. 조약돌같이 생긴 초콜릿. 됐어?"

"그런 걸 왜 줬어?"

해들리는 얼굴을 찡그렸다.

"오미가 조약돌 같은 걸 모으기 좋아하니까. 맥스네 엄마가 초콜릿 전문점에서 사 오셨어. 아무튼 그래."

진심으로, 해들리는 와르다크 선생님보다 강적이다.

"어쨌든 그걸 점심시간에 운동장에서 줬거든요. 그런데 멍청한 남자애들이 와서 다 망쳐 버렸어요."

"남자애들이라니?"

엄마가 냅킨으로 입을 닦으며 물었다.

"농구부요. 엄만 모르는 애들이에요. 저하고 같은 학년이고요."

나는 벌써 너무 많은 걸 말했다는 생각이 들었다. 이상했다. 사실 아직 별말 하지도 않았지만. 어쨌든 나는 재빨리 덧붙여 말했다.

"오미는 초콜릿이 마음에 든대요."

"밀라 언니, 나는 생일 선물로 뭐 받고 싶게? 조약돌은 아니야."

나는 웃으며 대답했다.

"잘 알겠어. 조약돌은 절대로 선물 안 할게. 바위나 자갈이나 아니면 돌멩이나—"

"돌멩이나 바위도 싫어!"

"아니야, 너 그거 좋아해. 화이트 초콜릿으로 만든 엄청나게 큰 바위를 좋아해."

해들리는 소리를 지르며 내 팔을 때렸다. 하나도 안 아팠지만 나는 괜히 "아야!" 하고 비명을 질렀다.

"밀라, 동생 놀리지 마!"

엄마가 야단쳤다. 목소리가 생각보다 날카로워서 해들리마저 깜짝 놀란 표정을 지었다.

"알겠어요. 안 그럴게요. 그렇지만 엄마, 해들리한테도 때리지 말라고 해 주세요!"

"때리면 안 돼. 해들리, 언니한테 미안하다고 사과해."

"미안해."

해들리가 말했다. 그리고는 팔짱을 끼더니 혀를 날름 내밀었다.

"그렇지만 언니가 나한테 화이트 초콜릿 주는 건 싫어. 돌멩이도 싫어."

"꼭 기억할게."

나도 하마터면 해들리한테 혀를 내밀 뻔했다. 그렇지만 하지 않았다. 그건 너무 유치하니까.

녹색 스웨터

친한 친구들이 어떤 면에서 서로 완전히 다르다는 건 재미있다. 옷으로 말하면, 자라는 늘 유명 문구가 프린트된 형광색 티셔츠를 입는다. 날씨가 아무리 추워도 늘 똑같다. 맥스는 앞 주머니가 있는 빛바랜 남색 후드 티에 회색 배기 바지를 입는다. 외모에 가장 많이 신경 쓰는 사람은 오미다. 오미는 아침마다 학교에 입고 갈 옷을 고르고 머리를 하는 데 한 시간이 걸린다고 한다. 뽐내기 좋아하거나 허영심이 있어서가 아니다. 어떻게 보이는지를 굉장히 중요하게 생각하는 것이다.

나로 말하면 어중간하다. 자라처럼 티셔츠만 대충 입지는 않지만 그렇다고 남에게 어떻게 보이는지에 크게 관심도 없다. 머리도 그냥 숱이 많은 어중간한 갈색 머리를 하나로 대충 묶는다. 그런데 솔직히 말하면, 최근 들어서 옷에 신경이 쓰이기 시작했다. 키는 여전히 아주 작은 편인데도 여름 사이에 성장기가 왔는지 청바지 엉덩이 부분이 끼였다. 윗도리도 가슴 쪽이 달라붙었고, 겨드랑이는 조였다. 그렇지만 엄마한테 옷을 사달라고 하고 싶지는 않았다. 엄마가 말하는 걸 들어 보면, 예를 들어 나와 해들리에게 '굳이 꼭' 그 시리얼을 먹어야겠냐고 묻거나 그 샴푸로 '한 주만 더 버틸 수 있냐고' 묻는 걸 보면 요즘 우리에게 돈 문제가 있음을 알 수 있었다. 그래서 요즘 북슬북슬한 녹색 스웨터만 입는 거였다. 녹색 스웨터는 가슴 부분이 헐렁할 뿐만 아니라 청바지의 엉덩이 부분을 덮을 만큼 길이도 길었다. 그 스웨터를 입고 있으면 내가 어떻게 보이는지 신경 쓰이지 않았다. 어떻게 보이는지 알기 때문이다. 마치 털이 북슬북슬한 초록색 감자처럼 보인다. 물론 스웨터가 북슬북슬하고 포근하기도 했다. 가끔 너무 더울 때가 있기는 해도 학교에 테디베어 인형을 입고 가는 기분이 들었다.

그렇지만 오늘 아침, 또 이 스웨터를 입은 나를 본 해들리가 그냥 넘어 갈 리 없었다.

"언니, 왜 또 그 스웨터 입었어?"

"좋아하니까."

나는 종이 맛이 나는 마트 자체 브랜드 시리얼을 그릇에 부으며 대꾸했다. 우리 집은 늘 대용량 사이즈에 진짜 시리얼의 육촌쯤 돼 보이는 수상한 이름이 붙은 시리얼을 아침으로 먹는다. 요령은 맛이 느껴지기 전에, 또는 시리얼이 우유 속에서 죽처럼 불기 전에 빨리 먹는 것이다.

해들리는 우유를 부을 생각도 하지 않았다. 종이 맛이 나는 시리얼을 그대로 집어 먹었다.

"그렇지만 이제는 진짜진짜 지독한 냄새가 날 텐데. 냄새 나는지 내가 맡아 줄까?"

해들리가 강아지처럼 킁킁거리는 흉내를 냈다.

"고맙지만 괜찮아."

그러자 커피를 마시던 엄마가 고개를 들었다.

"밀라, 그런데 정말이야. 그 스웨터는 이제 세탁기에 돌리렴. 너 이번 주에만 그 옷을 두 번이나—"

"지난주에도 입었대요."

해들리가 굳이 꼬집었다.

"고맙기도 하지. 그걸 다 세고. 엄마, 괜찮아요. 체취제거제도 쓰고 있거든요."

"체취제거제?"

해들리가 의자에서 떨어질 만큼 신나게 깔깔거렸다. 엄마가 말했다.

"해들리, 장난 그만 치고 우유 마셔. 밀라, 그 스웨터에서 냄새 난다고 한 사람 없어."

"냄새 나!"

해들리가 깔깔거리며 엄마의 말투를 따라 했다. 엄마는 해들리의 장난을 못 들은 척했다.

"그렇게 오래 입었는데 옷이 깨끗할 리는 없잖니. 특히 네 나이 때는 위생에 신경을 써야 해. 아주 중요한 문제야."

나는 끙 소리를 내며 대답했다.

"알았어요. 학교 다녀와서 스웨터 빨게요. 이제 됐죠?"

"밀라."

엄마는 한숨을 쉬었다. 회사 일만 해도 스트레스가 많다. 나도 안다. 엄마는 아침부터 나와 싸울 이유가 없었다. 나는 갑자기 죄책감이 들었다.

"죄송해요."

엄마는 자리에서 일어나 내 뺨에 뽀뽀했다.

"괜찮아. 봐서 이번 주말에 쇼핑하러 갈까?"

"정말이요?"

"엄마, 나도요! 원숭이 잠옷도 사고, 겨울 부츠도 사고, 분홍색 거위털 조끼도 살래요."

해들리가 시리얼을 한 움큼 쥐며 말했다.

"그래, 한번 보자. 예산이 한정돼 있다는 거 잊지 말고."

해들리가 따라 했다.

"예산. 햄스터 이름으로 좋겠어."

나는 눈동자를 굴렸다. 해들리는 늘 이렇게 주제에서 벗어난다.

"해들리, 우린 햄스터 못 키워. 이미 강아지가 있잖아."

"만약에 햄스터가 생긴다면 말이야."

"그럴 일은 절대 없지만 만약 생긴다 해도 예산이라는 이름은 안 돼."

"밀라, 해들리."

엄마가 정신이 없다는 듯 시간을 확인했다.

"이크, 벌써 늦었구나. 로버트 라인홀드가 기다리는데—"

나는 고개를 들었다.

"새로 왔다는 엄마 상사요? 그 사람이 왜요?"

"그 사람 때문에 요즘 좀 그러네. 신경 쓰지 마."

엄마는 출근용 검정색 구두를 신으며 말했다.

"자, 해들리, 엄마하고 버스 타러 가자. 밀라, 엄마 차 타고 학교 갈 거면 엄마가 오자마자 갈 수 있게 준비해 놓고. 그리고 한 번 더 말하지만 오늘 학교 끝나고 오면—"

"네, 엄마. 스웨터 빨게요. 약속해요."

엄마는 나에게 뽀뽀를 보낸 다음, 해들리를 데리고 나갔다.

안아 주기

펜더 선생님은 악기별 리더를 발표하고 난 뒤 밴드부 자리를 재배치했다. 선생님 기준으로 잘하는 순서였다. 내 자리는 트럼펫 열에서 두 번째였다. 이 말인즉슨 두 번째로 잘하는 사람이자, 캘럼 옆이라는 뜻이다.

"자, 자리는 학기 중에 언제라도 바뀔 수 있어. 연습 시간에 얼마나 열심히 하느냐, 또 수업에 얼마나 집중하느냐에 달렸지."

나는 캘럼과 거리를 두기 위해 보면대를 옆으로 밀면서 속으로 중얼거렸다.

'또한, 선생님이 애제자로 임명하느냐 마느냐에도 달려 있고.'

펜더 선생님은 〈해적 메들리〉라는 새로운 곡의 악보도 나눠 주며 집에서 연습해 오라고 했다. 그런데 오늘 아침, 나는 악보를 책가방에 다시 챙기는 걸 바보같이 잊고 말았다. 오늘은 악보 없이 밴드부 연습에 참여해야 한다는 건데, 그건 곧 두 번째인 내 자리가 벌써 위험해질 수 있다는 뜻이었다. 그래서 나는 학교에 도착하자마자 여분의 악보가 남아 있지 않을까 기대하며 밴드부 연습실부터 들렀다.

연습실에는 아무도 없었다. 그런데 얼마 지나지 않아 캘럼과 리오, 단테가 오는 소리가 들렸다. 왁자지껄한 웃음소리를 듣고 있자니 왠지 모르게 속이 답답해졌다. 뭘 하려고 오는 걸까?

세 사람은 밴드부 연습실 문 앞에서 멈춰 서더니, 농구팀 작전 회의라도 하듯 둥그렇게 모였다. 나는 세 사람을 못 본 척했다.

"밀라, 안녕!"

리오가 외쳤지만 나는 돌아보지 않고 〈해적 메들리〉 악보를 찾아 책장을 훑으며 대답했다.

"응, 안녕. 너희 혹시 펜더 선생님이 남는 악보 어디에 두시는지 알아?"

단테가 되물었다.

"악보는 왜?"

"오늘 밴드부 연습 시간 전에 악보를 봐 두려고 했는데 악보집을 안 가지고 와서."

내가 왜 이걸 설명하고 있는 거지? 쟤들이 상관할 일도 아닌데.

"내 거 빌려줄게. 네가 리오를 생일 기념으로 한번 안아 주면."

'뭐라고?'

나는 단테를 봤다가 다시 리오를 봤다. 어쩌면 내가 잘못 들은 것일 수도 있었다.

"방금 뭐라고 했어?"

리오가 빙그레 웃었다. 예의 그 귀여운 소년의 미소였다.

"그래, 밀라. 오늘 내 생일이야."

"생일이라고?"

"왜? 내가 생일 가지고 거짓말이라도 할까 봐?"

그 말에 캘럼이 고개를 끄덕였다. 단지, 나를 보고 끄덕인 건 아니었다.

캘럼이 말했다.

"그래, 밀라. 오늘 진짜로 리오 생일이야. 생일 파티는 이번 주말에 볼링장에서 할 거야. 피자랑 초콜릿 케이크도 시킬 거고."

단테도 나섰다.

"파피에 마세(지점토)로 만든 당나귀도 가져올 거고."

리오가 말했다.

"파피에 마세가 아니라 피냐타(생일 파티에 사용되는 종이 인형. 안에 초콜릿이나 과자 등을 넣고 파티에 온 애들이 때려서 터뜨린다)겠지. 그리고 그건 애들한테나 쓰는 거야, 멍청아. 어쨌든 밀라, 아무리 생일이래도 절대로 안아 주기 싫다면 난 괜찮아. 상처 안 받을게. 조금도 말이야."

단테가 웃으며 리오의 어깨를 툭 쳤다. 캘럼은 계속 웃기만 했다. 목 뒤가 뻣뻣해지면서 심장이 쿵쾅거렸다. 지금 뭐가 어떻게 되고 있는 거지? 뭐가 어떻게 되고 있든, 이상했다. 펜더 선생님은 지금 어디에 있는 걸까? 타이밍을 아는 음악 선생님이라면 바로 지금 연습실로 들어와야 했다.

'바로 지금. 바로… 지금.'

귓가에서 단테의 말이 들렸다.

"와, 밀라, 너 너무한 거 아냐? 우린 오미 생일이라고 다 가서 안아 줬잖아. 안 그래?"

'너한테 안 물어봤어. 그리고 너희가 우리 동그라미도 망쳤잖아.'

캘럼이 덧붙였다.

"5분 전에는 자라가 리오를 안아 줬어. 통학 버스에서."

'자라가? 하긴, 자라는 리오를 좋아하니까. 그래서 그런 거야.'

자라가 나무라는 소리가 들리는 것 같았다.

'밀라, 왜 그렇게 유치하게 굴어? 쟤들은 친하게 지내자는 거야. 맞아. 당황스러웠지만 그건—'

이런 생각도 들었다.

'쟤들 아까부터 문을 막고 있잖아. 나한테는 선택권이 없어.'

"그래, 알았어."

나는 억지로 웃으며 말했다. 그리고는 리오에게 다가가 그를 두 팔로 감싸 안았다.

"생일 축하해."

리오가 씩 웃으며 말했다.

"스웨터가 북슬북슬하네."

나방

자라는 다른 애들보다 머리 하나가 더 크다. 정수리에서 동그랗게 말아 올리는 머리 스타일 때문이기도 하다. 어쨌든 덕분에 자라를 한눈에 찾을 수 있다. 자라는 막 교실로 들어가고 있었다.

'점심시간까지 기다릴까? 기다리는 게 좋을지도 몰라.'

문제는 내 가슴 속에 나방 떼가 날아다니고 있다는 거였다. 나비가 팔랑이는 것과는 달랐다. 나비가 팔랑이는 게 그저 긴장되고 초조한 기분을 말한다면, 나방이 날아다니는 건 소름이 돋는 기분이었다.

나는 자라를 부르며 달려갔다. 하지만 자라는 내 소리를 듣지 못했다. 잠이 덜 깬 것일 수도 있었다. 자라는 흥이 나면 힘이 넘치지만 아침형 인간은 아니었다.

나는 교실로 들어가려는 자라를 붙잡아 복도 한쪽으로 데려갔다. 자라는 'NO SMORKING'이라고 프린트된 빨간색 티셔츠를 입고 있었다. 자라에게는 엉터리 영어 문구 티셔츠가 많은데, 자라의 아빠가 재미있다며 자꾸 사다 주기 때문이다.

자라가 멍하게 물었다.

"무슨 일이야?"

나는 재빨리 대답했다.

"별일은 아니야. 뭐 하나 물어봐도 돼?"

"당연하지."

자라는 입도 가리지 않고 하품을 했다.

"좀 이상한 거긴 한데…."

나는 잠시 머뭇거렸다.

"너 아까 버스에서 리오 안아 줬어? 어제 우리가 오미한테 한 것처럼?"

자라가 눈을 깜박였다. 드디어 잠에서 깨는 것 같았다.

"리오? 내가 왜 리오를?"

"그냥 뭐, 걔 생일이니까."

"오늘 말이야?"

나는 고개를 끄덕였다.

"밀라, 리오 생일은 12월이야."

"12월이라고? 네가 그걸 어떻게 알아?"

가슴 속에서 나방들이 미친 듯이 날아다녔다.

"아니까 알지."

다시 말해 '좋아하는 애 생일이야 당연히 아는 거지'라는 뜻이었다.

"그런데 그건 왜 물어?"

"모르겠어. 잘못 들었나 봐. 별일 아니야."

반별 조회 시간을 알리는 종이 울렸다. 우리는 서로를 마주 봤다. 나방들이 날아다녔다. 자라한테 밴드부 연습실 일을 말해야 하는 걸까? 리오와 그 친구들이 뭐라고 거짓말했는지? 무엇보다, 날 속여서 리오를 안아

주게 했다는 것을 말해야 할까? 나는 자라에게 꼭 이야기해야 했다. 그렇지만 자라의 눈빛에 입이 떨어지지 않았다. 따귀를 때리는 듯 날카롭고 따가운 느낌이 들었다.

나는 밝게 대답했다.

"신경 쓰지 마. 우리 이따 점심시간에 보는 거지?"

"그러는 거지, 뭐."

자라는 어깨를 으쓱했다.

진실

2학년은 같은 외국어를 배우는 학생끼리 수업을 듣는다. 나는 스페인어를 배우지만 자라와 오미는 프랑스어를, 맥스는 라틴어를 배운다. 그리고 나만 밴드부다. 그러니까 학교에서 우리 넷이 모일 수 있는 때는 점심시간뿐이다.

나는 오전 수업이었던 과학, 수학, 영어, 스페인어 시간 내내 멍한 채로 있었다. 머릿속에서 밴드부 연습실에서의 장면이 끊임없이 재생되고 있었다. 모든 게 처음부터 이상했다. 나는 왜 그냥 나가 버리지 않았을까? 왜 "안는 건 좀 그래. 트럼펫으로 〈생일 축하합니다〉를 연주해 줄까?"라는 식으로 대충 둘러댈 생각을 하지 못했을까? 무엇보다, 왜 처음부터 리오의 생일을 의심하지 않았을까? 생각하면 할수록 남자애들이 작당해서 한 거짓말이라는 게 명확해졌다.

자라에게는 왜 사실대로 털어놓지 못했을까? 먼저, 내가 말하지 못했다는 사실에 몹시 화가 났다. 어떤 일이 벌어졌는데 이상하고 당황스러웠다. 그렇다면 친구한테 당연히 털어놓겠지. 최소한 털어놓아도 된다는 느낌이 들어야 한다. 그런데 나는 왜 복도에서 입을 다물었을까? 부끄러워

해야 할 잘못을 한 건 아니었다. 남자애들의 말을 왜 따랐냐고 묻는다면, 밴드부 연습실에서 나가려면 어쩔 수가 없었다.

내가 계속해서 스스로에게 되뇌인 말은, 자라가 상처받지 않게 노력했다는 거였다. 자라는 베스트 프렌드고, 나는 자라가 리오를 얼마나 좋아하는지 잘 알고 있었다. 자라는 리오가 자기를 좋아하지 않을까 봐 늘 걱정했다. 자라는 겉으로 보면 목소리가 크고 장난을 잘 치고 노래를 만들고 활발하지만, 그 속에는 엄청나게 예민한 구석도 있었다. 디즈니 만화 영화를 보고 눈물을 흘리고, 자신이 못생겼다는(키가 너무 크고, 너무 말랐고 등등) 말도 안 되는 생각을 한다. 그러니 어제 오미 생일 파티 사건이 있었는데, 오늘 또 리오가 나를 (도대체 왜인지는 모를 이유로) 안으려고 했다는 사실을 알게 되면 기분이 분명 최악일 거였다. 그러니 내가 자라에게 아무 말도 하지 않은 건 자라의 마음을 다치게 하고 싶지 않아서였다 (적어도 조금은 진실이다).

더구나 자라에게는 또 다른 면이 있었다. 자라는 마음에 상처를 입으면 굉장히 심술궂어진다. 늘 나중에 사과하기는 하지만 그렇다고 했던 말을 주워 담을 수 있는 건 아니었다.

지난여름, 자라와 나는 시내 수영장에 갔다. 그런데 자라가 화장실에서 나가지 않겠다고 했다. 수심이 깊은 쪽에 리오가 있다며, 자신의 수영복 차림을 보이고 싶지 않다고 했다.

"밀라, 리오는 내가 젓가락 같다고 생각할 거야."

자라는 웃고 있었지만 즐거워서 웃는 웃음은 아니었다.

"자라, 누가 신경 쓴다고 그래?"

그러자 자라의 표정이 일그러졌다.

"내가 신경 쓰잖아. 밀라, 그렇게 아무것도 모르는 것처럼 굴지 마. 모르면 아는 척이라도 하든지. 늘 그러는 것처럼. 알겠어?"

그건 적절하지 않은 말이었고, 우리 둘 다 그게 적절하지 않다는 걸 알고 있었다. 물론 자라는 금방 사과했다. 나는 괜찮다고 했다.

자라는 재미있고 남을 아끼는 친구지만, 언제든 심술궂게 나올 수도 있었다. 밴드부 연습실에서의 그 안아 주기 사건 뒤로, 나는 그저 이상한 대화를 하게 될 위험을 무릅쓰고 싶지 않았을지도 모른다.

행운

오전 내내 남자애들을 곁눈으로 좇았다. 이상할 정도로 누구도 나를 보지 않았다. 마치 안아 달라는 일 같은 건 일어난 적도 없는 것 같았다. 또 다른 가능성은, 일어난 적은 있지만 그 애들에게는 너무 사소한 일이라 벌써 잊혔다는 거였다.

'어차피 오늘 아침까지는 서로 인사도 안 했잖아. 다시 예전으로 돌아가려나 보지.'

딱 한 번, 3교시 시작 직전에 단테가 나에게 일부러 부딪힌 것 같은 일이 있긴 했다. 복도는 늘 북적이는 데다가 계단 옆에서는 서로 밀치고 부딪히는 경우가 많다. 그러니까 단테가 일부러 피하지 않았다고 장담할 수는 없었다. 다만 내가 돌아봤을 때 단테는 희미한 미소 같은 걸 짓고 있었다. 마침 그때 재미있는 농담이 생각났을 수도 있다. 그러니까 단테가 꼭 나와 부딪힌 것 때문에 웃었다는 뜻이 아니다. 웃었는지도 사실 잘 모르겠다. 나하고 부딪혔다는 걸 눈치챘는지조차 잘 모르겠다. 그렇지만 그 뒤로 내 배에서는 딸꾹질 같은 작은 경련이 불쑥불쑥 일어났다.

드디어 점심시간 종이 울렸다. 나는 급식실의 요거트 배식을 기다리는 줄에서 오미를 발견했다. 오미는 할아버지, 할머니와 함께 산다. 그리고 두 분은 오미의 생일이나 다른 기념일을 늘 성대하게 준비하신다. 오미는 나와 함께 운동장으로 가면서 전날 할머니가 열어 준 생일 파티가 얼마나 대단했는지 설명했다. 생일 선물로 뭘 받았는지, 생일 케이크를 촛불과 장식으로 어떻게 꾸몄는지 자세히 이야기했다.

"오미, 넌 정말 행운아인 것 같아."

오미가 빙그레 웃었다.

"그렇지? 할아버지랑 할머니는 벌써 내 성년식 준비에 들어가셨어."

"진짜? 아직 3년이나 남았는데!"

"할머니가 무척 계획적이거든. 벌써 그날 입을 드레스도 정했어."

나는 상상이 잘 되지 않았다. 우리 집은 오미네 집에 비하면 혼돈이나 마찬가지였다. 아무런 계획 없이 하루하루 살기에 급급했다. 엄마는 열심히 일하지만, 시리얼은 언제나 싼 것뿐이다. 엄마를 탓하는 건 아니다. 다만 오미네 집에서 살면 어떨지 궁금했다. 보호자 두 사람이 아이가 원하는 것이나 하고 싶은 게 무엇인지 신경 써 주고, 기념일 행사를 몇 년 전부터 준비한다는 것은 어떤 기분일까. 좋을까? 아니면 다른 의미에서 힘들까?

"아, 맞다, 밀라! 잊어버릴 뻔했네. 이거 봐!"

오미는 주머니에 넣었던 손을 활짝 폈다. 손안에는 자그마한 빨간색 깃털이 있었다.

"붉은풍금새의 깃털이야. 로사리오 이모가 도미니카 공화국에 갔다가 발견했는데, 나한테 주려고 가져오셨대. 예쁘지 않니?"

"예쁘네."

나는 새의 깃털을 챙겨 오는 이모가 있다는 건 또 어떤 느낌일지 궁금했다. 깃털을 수집하는 사람이 되는 건 또 어떤 느낌일지도.

그때 토비아스가 우리를 향해 달려왔다.

"오미, 안녕! 밀라, 안녕!"

나는 토비아스의 큰 목소리에 움찔했다. 오미가 대답했다.

"안녕."

오미는 얼마 전부터 남자애들과 이야기할 때면 약간 신나 보였다. 오미는 깃털을 도로 주머니에 넣었다. 나는 토비아스를 힐끗 봤다. 토비아스는 다른 농구부 애들보다 키가 작고 말랐다. 입술 위로 짙은 솜털이 보였고, 이마에는 분홍색 여드름이 몇 개 보였다. 토비아스는 밴드부에서 트롬본도 연주하는데, 오늘 아침 밴드부 연습실에서 농구부 남자애들과 마주쳤을 때 유일하게 그 자리에 없었다. 그래서 나는 인사를 해야 할지 알 수 없었다. 아니, 인사를 꼭 해야 하는지도 미심쩍었다.

그런데 토비아스는 웃고 있었다. 오미가 아닌 나를 보며 웃고 있었다.

"저기, 밀라, 나도 안아 줄 수 있어?"

나는 오미가 놀라는 걸 짐짓 모른 체하며 차갑게 물었다.

"무슨 소리야?"

"그 있잖아, 리오한테 해 줬던 것처럼."

토비아스의 입은 여전히 웃고 있었다. 그렇지만 눈으로 주위를 빠르게 스캔하고 있었다. 누가 보고 있는지 확인하는 것 같았다. 목소리도 조금 떨렸다. 떨릴 일이라도 있는 걸까? 오미는 영문을 모르겠다는 표정으로 물었다.

"잠깐만, 밀라, 네가 리오를 안았다고…?"

"걔가 자기 생일이랬어."

겨드랑이가 축축해지는 게 느껴졌다.

"그런데 거짓말이었고. 자기 생일 기념으로 안아 달라더라. 사실 그것 때문에 나 열 받아 있는 중이야. 토비아스, 난 네가 왜 이러는지 이해가 안 돼. 너도 가짜 생일 운운할 거 아니라면."

토비아스는 목까지 빨개졌다.

"아니야. 그냥 행운 때문에 그래."

오미가 되물었다.

"행운?"

"응. 우리 농구 시합 말이야. 어제 우리가 다 함께 널 안아 줬잖아."

토비아스는 고개로 오미 쪽을 가리켰다.

"그때 밀라의 스웨터에 손이 닿은 애들은 다 최고 기록을 냈어. 그래서 밀라의 스웨터를 마법 같은 걸로 생각하기로 한 거야."

나는 웃음이 터져 나왔다.

'그것 때문에 안아 달라고 한 거였어? 그 시시한 농구 시합 때문에?'

아니, 그건 시시한 정도가 아니었다. 그런데 왠지 모르게 마음이 탁 놓였다.

"토비아스, 내 스웨터가 골을 넣게 할 수 있을 리가 없잖아."

"아니야, 아니라고. 밀라, 난 정말 그렇게 믿어."

말투 때문인지 토비아스의 대답은 질문 같았다. 자신을 설득하려는 것처럼 들렸다. 토비아스가 물었다.

"그런데 그 스웨터는 재질이 뭐야?"

오미가 대답했다.

"모헤어 같은데."

"모에어?"

오미가 웃었다.

"아니. 모, 헤어. 그게 정확하게 뭔지는 나도 잘 모르지만."

물론 내 스웨터는 모헤어가 아니다. 세탁기에 막 빨아도 되는 합성섬유다. 그렇지만 그건 싼 옷이라는 의미여서, 나는 아무 말도 하지 않았다.

토비아스가 서두르듯 물었다.

"밀라, 뭐든 간에 나 한 번만 안아 주면 안 될까?"

토비아스는 이제 빨리 벗어나는 쪽으로 마음을 정한 것 같았다. 그는 농구 골대 아래에 모여 있는 남자애들 쪽을 힐끗거리고 있었다. 리오가 토비아스에게 손짓을 했다. '빨리 와. 다 기다리잖아.'

"아니, 토비아스. 싫어. 미안."

그러자 토비아스는 얼굴을 찡그렸다. 어쩔 수 없었다. 그런데 그 순간 토비아스가 안 돼 보였다. 나는 아무 생각 없이 왼팔을 내밀었다.

"소매를 만지는 건 괜찮아."

"좋았어!"

토비아스는 지니의 램프를 만지듯 내 팔꿈치를 문질렀다. 그런데 다음 순간이었다. 토비아스는 순식간에 나를 감싸 안더니 숨도 못 쉴 만큼 꽉 조였다. 그러자 농구 골대 아래에 모여 있던 남자애들이 환호했다. 배 속에서 나방 한 마리가 파닥거렸다. 아니, 두 마리가 파닥거렸다.

"고마워."

토비아스는 남자애들에게 달려가 버렸다. 기다리던 남자애들이 토비아스의 등을 두드리며 들리지 않는 말들을 해 댔다.

어느새 자라와 맥스가 우리 쪽으로 와 있었다. 맥스는 자리에서 벗어나고 싶다는 듯 뒤에서 머뭇거렸다. 자라가 물었다.

"방금 그거 뭐였어?"

자라는 뭔가 냄새를 맡았을 때 짓는 표정을 하고 있었다. 오미가 어깨를 으쓱했다.

"밀라의 스웨터에 행운이 있다고 생각하나 봐."

나는 재빨리 덧붙였다.

"농구 시합 때 말이야. 바보같이."

나는 맥스를 보려고 했지만, 맥스는 고개를 돌린 채였다. 사물인지 사람인지, 어쨌든 운동장 반대편의 뭔가를 보고 있었다. 내가 말했다.

"쟤들은 그런 멍청한 미신을 믿나 봐."

오미가 장난기 섞인 목소리로 말했다.

"아니면 토비아스가 밀라, 널 좋아하는지도 모르고."

자라가 딱 잘라 말했다.

"아니, 밀라를 좋아하는 건 캘럼이야."

자라는 왜 그렇게 생각할까? 나는 픽 웃었다.

"자라, 절대 아니야. 캘럼이 밴드부에서 나한테 얼마나 재수 없게 구는데. 그리고 만약 그렇다고 해도 토비아스는 무슨 상관이야?"

오미가 빙그레 웃었다.

"어쩌면 둘 다 너를 좋아하는지도 몰라."

"말도 안 돼. 어쨌든 난 토비아스한테 안아 줄 수 없다고 했어. 그런데 걔가 다짜고짜 그런 거야."

자라가 조약돌을 걷어찼다.

"글쎄. 밀라, 안지 못하게 하는데 안을 수는 없어."

자라는 웃고 있지 않았다. 나를 보고 있지도 않았다.

통학 버스

아침에는 엄마가 차로 학교에 데려다주지만 집에 갈 때는 통학 버스를 탄다. 물론 버스를 너무 좋아해서 타는 건 아니다. 버스 안은 시끄럽고, 싸움이 자주 나고, 툭하면 누군가가 놀림을 받는다. 그런데도 버스를 타는 이유는 우리 집으로 오는 가장 빠른 방법이기 때문이다. 집에는 당장 오줌을 눠야 하는 델릴라가 있다.

그날 학교가 끝나고 버스에 타면서 내가 느낀 건 다름 아닌 마음이 놓이는 기분이었다. 길고도 이상한 하루였다. 밴드부 연습실에서 안기 사건이 있었고, 토비아스에게 해명을 들었다. 그 뒤에도 안는 건 안 된다고 했는데 토비아스는 기어코 나를 안았다. 게다가 점심시간 내내 나를 이상한 태도로 대한 자라도 있었다. 자라의 행동에서 어떤 점이 이상했는지 콕 집어 말하기는 어려웠다. 자라는 평소와 다름없이 엄마에 대해 불평했고, 작곡 중인 노래를 불렀으며(노래 제목은 '거짓말쟁이'였다), 자신은 절대로 합창부에서 독창을 맡지 못할 거라고 했다(우리 모두 자라의 목소리가 훌륭하다고 했는데도 그랬다). 그렇지만 자라와 눈이 마주칠 때마다 나는 차가운 기운을 느꼈다. 유령을 보는 느낌과 비슷했다.

그러니 드디어 버스에 탔다는 건 마음이 놓이는 일이었다. 더구나 제일 먼저 탄 덕분에 마음 놓고 멍해질 수 있는 버스의 맨 뒤 오른쪽 창가 자리도 차지할 수 있었다.

그것이 실수였다.

"밀라! 고마워. 우리 자리도 맡아 줬네!"

리오가 농구부 친구들과 함께 버스 통로를 걸어오고 있었다. 나는 가슴이 철렁했지만, 못 들은 척하며 창문 밖을 바라봤다.

"내가 밀라 옆에 앉는다?"

단테였다. 누구한테 한 말인지는 확실하지 않았다. 단테는 책가방을 멘 채 내 옆자리에 털썩 앉았다. 그 바람에 책가방이 내 옆구리를 찔렀다.

"밀라, 괜찮지?"

그러자 리오가 대신 대답했다.

"밀라가 왜 안 괜찮겠어? 밀라는 우릴 좋아해."

리오는 내 앞에 앉더니 씩 웃으며 덧붙였다.

"밀라, 우리 좋아하지?"

세 줄 앞 자리에 앉은 애너벨과 사미라가 우리 쪽을 쳐다보고 있었다. 헌터 슐츠도 마찬가지였다. 헌터는 지난 학기에 맥스를 놀리다가 교감 선생님에게 6미터 이내로 맥스에게 접근 금지 처분을 받았다.

"너희가 뭘 하든 상관 안 해. 너희 다."

"봤지? 밀라는 괜찮대. 내가 말했잖아."

리오가 토비아스에게 말했다. 토비아스는 웃고 있었지만 목이 빨갛게 달아올라 있었다. 캘럼은 맞은편 자리에 앉아 있었다. 그는 갈색 앞머리를 길게 내린 채 잠자코 있었다. 그사이 앞 자리에 앉은 애너벨이 사미라에게 뭔가를 속삭였다. 그러자 사미라가 고개를 끄덕였다.

이윽고 버스가 출발했다.

버스가 중앙 도로로 진입할 때, 단테가 어깨를 부딪혀 오는 게 느껴졌다. 게다가 단테는 체육복 반바지를 입은 채 다리를 45도로 쩍 벌리고 앉아서 자리의 3분의 2를 차지하고 있었다. 명백하게 부당하고 잘못된 거였다. 나는 단테 폴이라는 아이를 잘 모른다. 하이티 출신에, 앞으로 컴퓨터 천재가 될 거라는 정도가 전부였다. 그런데 그 단테의 맨다리가 내 청바지를 계속 스치고 있었다.

아무것도 눈치채지 못한 척하며 한 블록을 지났다. 그리고 다음 블록도, 그다음 블록도. 그런데 버스가 도로의 파인 부분을 지날 때였다. 단테의 팔이 내 앞쪽으로 날아들었다.

"단테! 팔 좀 조심해. 그리고 옆으로 좀 가 줄래?"

단테는 놀란 눈치였다. 하지만 너무 과장되게 놀란 척한 것처럼 보였다.

"옆으로 가라고?"

"그래. 우리 자리에 절반씩 앉아야 하는 거 아냐? 그런데 내가 점점 밀리고 있어."

"아. 미안해."

단테의 사과를 듣고 나는 이렇게 생각했다.

'밀라. 너 피해망상이 점점 심해지고 있어. 자리가 넓지 않잖아. 쟤도 살짝 밀 수밖에 없어. 도로가 파인 게 쟤 잘못도 아니고.'

다만 한 가지 사실은, 단테는 자리를 조금도 옆으로 옮기지 않았다는 것이다. 다리는 여전히 쩍 벌린 채였고, 어깨도 여전히 부딪히고 있었다. 쿵. 쿵. 쿵. 부딪힐 때마다 어깨가 데이는 것 같았다.

43

내릴 정류장이 되자 나는 단테를 돌아봤다.

"단테, 잠깐만."

목에서 쇳소리가 났다.

"나 이제 내릴 거야. 좀 비켜 주지?"

"뭐라고?"

그냥 크게 말할 생각이었는데 생각대로 되지 않았다. 쇳소리가 커졌다.

"나 지나가게 해 달라고! 이번에 내려야 한다니까?"

그러자 리오가 돌아봤다.

"밀라, 괜찮아. 앞으로 지나가. 그냥 밀어 버려!"

토비아스와 단테가 소리를 낮춰 킥킥거렸다. 캘럼은 아무 말도 하지 않았다. 헌터, 애너벨, 사미라가 나를 빤히 쳐다보고 있었다. 나는 얼어붙었다. 자리에서 움직일 수가 없었다.

"내릴 사람은 서둘러라!"

운전 기사님이 외쳤다. 내 얼굴은 이제 불타오르고 있었다. 단테는 농구 시합의 득점을 막기라도 하듯 내 앞을 다리로 가로막고 있었다. 겨우 통로로 빠져 나오자, 뒤에서 캘럼의 목소리가 들렸다.

"밀라, 내일도 털 스웨터 입고 와!"

캘럼의 말에 다른 남자애들이 자지러지게 웃음을 터뜨렸다.

거울

평상시라면 버스정류장으로 해들리를 마중 나가야 했지만, 오늘은 해들리가 친구인 타일러 집에서 놀다 오는 날이었다. 그 말인즉슨 집을 나 혼자 독차지할 수 있다는 뜻이다. 하루를 통틀어 처음으로 생긴 좋은 일이었다.

나는 물을 한 컵 마시고 콘 크런치(엄마가 늘 사 오는 달고 끈끈한 마트 자체 브랜드 과자)를 한 입 먹은 다음, 화장실로 가서 거울을 봤다. 내 스웨터는 빗장뼈 부근에서 시작해서 엉덩이를 다 덮는다. 아무것도 드러나지 않고 아무것도 도드라져 보이지 않는다. 나도 가슴과 엉덩이가 있는 건 맞다. 그렇지만 2학년 애들도 다 비슷하다. 그런데 누구도 다른 애들에게는 뭐라 하지 않는다. 적어도 내 앞에서는 하지 않는다. 나는 뚱뚱하지 않지만 그렇다고 자라처럼 날씬하지도 않다. 못생기지도 않았지만 그렇다고 오미처럼 예쁘지도 않다. 아무리 봐도 나는 그냥 평균이다. 2학년 애들 중에서 말한다면 딱 중간일 것이다.

'농구부 남자애들은, 나는 보지 못하는 걸 보고 있는 걸까? 내가 뭔가 놓치고 있는 걸까? 다른 애들에게는 분명히 보이는 뭔가를?'

연습

저녁을 먹으면서 해들리는 자기 반 애가 메뚜기를 먹은 이야기를 했다.

"그런데 '삼키지는' 않은 것 같아."

나는 해들리에게 알려 줬다.

"그런다고 달라질 건 없어. 만약 걔가 메뚜기를 입안에서 씹었다면—"

"얘들아, 식탁에서 할 이야기는 아니구나."

엄마는 문자 메시지 알람을 듣고 얼굴을 찌푸리며 자리에서 일어나 방으로 들어갔다. 그러는 동안 해들리는 떼를 썼다.

"그렇지만 삼키지 않았으면 지금 배에 없잖아."

"어휴."

나는 해들리에게 알려 주는 걸 포기했다.

10분을 기다렸지만 엄마가 방에서 나오지 않자 나는 해들리와 함께 식탁을 정리했다. 접시를 대충 헹구고 식기세척기에 넣었다. 어쩌면 아빠한테 온 문자일지도 몰랐다. 아빠는 해들리가 태어나고 얼마 지나지 않아 집을 나갔지만 나는 엄마와 아빠가 아직도 돈 문제로 싸우고 있다는 걸 알고 있었다.

"양육비 말이야."

언젠가 엄마 방 문틈으로 말소리를 엿들은 적이 있다. 가끔은 고함도 흘러나왔다. 그럴 때마다 어떻게 양육하는 걸 잊을 수 있는지 이해가 되지 않았다. 아무리 아빠 같은 사람이라도 말이다. 아빠는 여기에 살 때도 우리와 함께 있던 적이 별로 없었다. 그리고 함께 있을 때면 늘 고함을 질렀다. 엄마한테만. 나한테는 한 번도 그런 적이 없다. 그렇지만 문제는, 아빠는 고함을 지르지 않고도 상처를 줄 수 있는 사람이었다.

내가 다섯 살 때였다. 아빠한테 업어 달라고 조르자 아빠는 이렇게 말했다.

"밀라, 안 돼. 너 요새 너무 무거워. 아빠하고 놀고 싶으면 쿠키를 끊어!"

엄마가 그렇게 말하지 말라고 나무라도 아빠는 웃기만 했다. 생각해 보면 웃은 건 최악이었다. 그리고 내가 초등학생 때, 아빠는 핼러윈 파티에서 젤리빈으로 분장한 나를 보고 이렇게 말했다.

"밀라가 예쁜 공주 같을 때는 지났구나."

내가 울음을 터뜨리자 엄마는 나를 안아 주며 달랬다.

"아빠는 밀라가 이제 공주 드레스를 입지 않는다는 걸 안 거야. 밀라가 예쁘지 않다는 뜻이 아니야!"

그렇지만 아빠는 엄마의 말에 동의하며 당연히 그런 뜻으로 말한 거라고 이야기하지 않았다.

아빠가 나에게 심술궂은 말을 하거나 심술궂게 들릴 만한 말을 한 기억은 그 외에도 많다. 무슨 말을 해야 할 때 아무 말도 하지 않은 적 또한 많다. 아빠는 결국 짐을 싸서 떠날 때까지, 내 여섯 번째 생일에 딱 한 번 선물을 보낸 것 외에는 나에게 아무 말도 해 주지 않았다.

그러니까 진실은 이렇다. 나는 아빠를 미워하고 싶어도, 그리워하고 싶어도, 그럴 수가 없다.

나는 내 방으로 돌아와 문을 닫았다. 내 방은 작다. 침대 하나에 서랍 하나, 책상 하나가 들어가면 끝이다. 그렇지만 연두색 커튼과 엄마가 지난여름에 이웃집 중고 장터에서 찾아낸 퀼트 이불 덕분에 밝고 아늑하다. 그렇지만 이 방의 가장 큰 장점은 '내 방'이라는 점일 것이다. 해들리에게서 벗어나 혼자 트럼펫을 연습할 수 있는 곳이기도 하고.

저녁 식사 내내 연습 계획을 세운 나는 케이스에서 트럼펫을 꺼내 회색 조각천으로 마우스피스를 닦았다. 에머슨 언니에게 배운 대로 먼저 한 음을 길게 불어 입과 손을 풀었다. 그리고는 까먹고 책상에 두고 간 악보집을 폈다. 〈해적 메들리〉는 맨 앞장에서 나를 기다리고 있었다. 나는 숨을 깊이 들이마셨다.

에머슨 언니한테 과외를 받은 여름방학 기간과 지난 학기를 통틀어 내게 버거운 곡은 없었다. 그런데 이번 곡에는 손가락 움직임이 까다롭고 정신이 멍해질 때까지 숨을 참아야 하는 이상한 음들이 있다. 게다가 숨을 쉴 만한 데가 거의 없어서, 연주를 시작하면 입술에 감각이 없어지고 폐가 터질 때까지 계속해야 한다.

사실 캘럼 옆자리에 앉으면 트럼펫을 부는 척만 해도 된다. 캘럼의 소리가 워낙 커서 다른 소리는 거의 들리지도 않기 때문이다. 그렇지만 캘럼이 연주하고 나는 그 소리에 맞춰 립싱크한다는 생각만 해도 소름이 돋았다. 트럼펫은 나에게 너무나도 중요했다. 1등은 아닐지 몰라도(펜더 선생님의 기준에 따르면 분명히 아니지만) 내 실력은 분명히 썩 괜찮았다.

'이 시시한 〈해적 메들리〉가 어렵다면, 그냥 연습하면 되는 거야. 다시

또 다시, 내 손가락들이 어떻게 움직여야 할지 알게 될 때까지. 내 방의
모든 것이, 머릿속의 모든 것이 사라질 때까지. 눈앞에 오직 끝없이 펼쳐
진 파란 하늘만 보일 때까지.'

체크 무늬

다음 날, 나는 잠옷 차림 그대로 아침을 먹으러 갔다. 그러자 엄마가 나무랐다.

"밀라, 왜 아직도 옷 안 갈아입고 있어? 엄마 오늘은 좀 일찍 나가야 하는데. 저녁 운동 시간에 맞춰 가려면."

"엄마 운동해요? 언제부터요?"

"필라테스를 하려고. 시내에 체육 센터가 생겼는데, 회원을 모집하려고 무료 수강권을 주고 있어. 상사한테 물어봤더니 오늘 4시 45분에 퇴근할 거면 8시까지는 출근하라고 해서."

엄마는 베이글을 한 입 베어 물었다.

"그나저나 말 돌리지 말고. 왜 아직도 잠옷이야?"

해들리가 시리얼을 오독오독 씹으며 고자질하듯이 말했다.

"밀라 언니는 스웨터 빠는 걸 잊어버렸어. 그래서 그래."

나는 해들리를 쏘아봤다.

"안 잊어버렸어. 알겠지?"

그건 사실이다. 나는 어젯밤 트럼펫 연습을 마치고 스웨터를 세탁기에 돌렸다. 다른 빨랫감이 녹색 털투성이가 되지 않게 따로 돌렸고, 건조기로 40분 동안 말렸다. 다 말린 뒤에는 서랍 구석에 있는 2년 전부터 안 입는 청바지 아래에 넣었다.

"너무 입어서 지겨워서 그래. 그런데 맞는 옷은 없고. 엄마, 이번 주말에 우리 옷 사러 갈 거라고 했잖아요."

엄마는 커피를 한 모금 마셨다.

"그러기로는 했지. 그런데 엄마가 잠깐 회사에 갔다 와야 할 수도 있어."

뭐라고? 엄마는 주말에 절대로 출근하지 않는다.

"회사에 왜요?"

"남은 일이지, 뭐. 한두 시간쯤. 걱정하지 마."

"걱정 안 해요. 저는 그냥 옷 사러 가고 싶은 거예요. 엄마가 약속한 대로요."

엄마의 찌푸린 표정을 보아하니 내 대답이 생각보다 더 버릇없게 들렸음을 알 수 있었다. 이런. 나는 재빨리 덧붙였다.

"어쨌든 엄마, 쇼핑하러 갈 때까지 제가 빌려 입을 옷 없어요?"

"내 옷 말이니?"

나는 고개를 끄덕였다. 엄마가 커피를 식탁에 내려놓으며 물었다.

"밀라. 진지하게 묻는데, 왜 엄마 옷을 입으려고 해? 학교에 입고 가기에는 안 맞아."

"네, 뭐, 출근용 정장은 그렇죠. 그렇지만 빨간 체크 셔츠 같은 건 괜찮을 것 같아요."

"엄마가 화장실 페인트칠할 때 입었던 거?"

나는 고개를 끄덕였다.

"안 되는 이유를 알려 줄게. 첫째, 그 셔츠에는 페인트 얼룩이 남아 있어."

"상관없어요."

"둘째."

해들리가 까르르 웃으며 끼어들었다.

"그 셔츠는 식탁보처럼 생겼어. 아니면 델릴라 담요처럼."

엄마는 미소 지었다.

"그렇지 않아. 그냥 편하게 막 입는 플란넬 셔츠야. 그렇지만 밀라, 그 셔츠는 너한테 너무 클 텐데."

"괜찮을 거예요. 안에 뭘 입고 그 위에 입을 거고요. 그러니까 어차피 커야 해요."

"그렇다면 괜찮을 것도 같구나."

나는 엄마의 대화 방향이 달라지리라는 걸 감지했다.

"그렇지만 왜 그게 입고 싶어? 친구들이 네 옷을 가지고 뭐라고 하니?"

나는 고개를 저었다.

"오미가 그래? 우리 딸, 엄마도 오미의 할아버지 할머니가 좋은 거 사 주시는 거 잘 알아."

해들리가 말했다.

"오미 언니가 제일 예뻐."

나는 재빨리 대답했다.

"오미하고 아무 상관없어요. 그냥 제 옷이 다 마음에 안 들어요. 맞는 것도 없고, 어쨌든 그 셔츠는 진짜로 입고 싶어요. 세련돼 보일 것 같아요. 네?"

엄마는 손목시계를 힐끗 확인했다.

"그래, 알았어. 밀라, 그런데 이제 정말 2분 내로 집에서 나가야겠다. 안 그랬다간 로버트 씨한테 한 소리 듣겠어."

해들리가 물었다.

"로버트가 누구예요?"

"새로 온 엄마 상사. 로버트 라인홀드 씨."

"이름에 리을이 엄청 많이 들어간다! 으르르르하는 것 같아."

해들리는 개가 으르렁거리는 모습을 흉내 냈다. 그러자 엄마가 한숨을 쉬었다.

"해들리, 정말 딱 그렇구나. 자, 밀라, 얼른 빨리 준비하자. 알았지? 아침으로 그래놀라 챙기고. 차에서 먹어라."

해들리가 항의했다.

"엄마, 왜 밀라 언니는 아침으로 그래놀라 바 먹어도 돼요? 차에서?"

'나는 식탁보 입을 거잖아.'

이른 등교

엄마의 출근 시간이 당겨진 덕분에 평소보다 25분 일찍 학교에 도착했다. 문이 잠긴 교실 앞에 서 있었더니 와르다크 선생님이 '어디 다른 데' 있을 곳이 없냐고 물었다.

"전 사실 여기도 좋아요."

그러자 와르다크 선생님은 딱딱하게 대꾸했다.

"학생, 그런 태도 보이지 마. 아니면 교감 선생님께 말씀드릴 테니까. 그러면 좋겠어?"

나는 고개를 저었다. 교감 선생님은 불그스름한 얼굴에 눈빛으로 '내 앞에서 문제 일으킬 생각은 하지 마라'라고 말하는 선생님이다. 나쁜 선생님이거나 그런 건 아니다. 작년에 맥스를 괴롭히던 헌터를 막아 준 것도 교감 선생님이었다. 그렇지만 교칙 위반은 교감 선생님이 결정하는 사안이었고, 나는 교감 선생님한테 알려지는 것만큼은 바라지 않았다.

그리고 솔직히 말하면 나는 처음부터 와르다크 선생님한테 어떤 태도를 보일 생각은 전혀 없었다. 어쩌면 내 목소리에 내가 깨닫지 못하는 다른 점이 있었는지도 모른다. 놀랄 일도 아니었다. 요즘 나는 내가 어떤지 모를 때가 많다. 내가 어떻게 보이는지, 내 말이 어떻게 들리는지.

"죄송합니다. 저는 여기도 괜찮다는 거였어요. 조회 시작할 때까지 여기서 기다려도 돼요."

"조회 시작하려면 한참 남았으니 어디 적당한 데를 찾아봐라. 복도는 그런 데가 아니야."

나는 복도가 그런 데가 아니라면 어떤 데냐고 물어볼 뻔했다. 하지만 그랬다가는 와르다크 선생님이 더 버릇없는 태도를 보인다고 생각할 수 있었다.

결국 나는 1층 여학생 화장실로 갔다. 하지만 소독이 시작되는 바람에 나와야 했다. 학교 식당은 갈 수 없었다. 헌터가 매일 아침 친구들과 학교 식당에서 어울리기 때문이다. 작년 맥스와의 사건 이후로 나도 헌터와 거리를 두는 중이다.

와르다크 선생님이 교내를 한 바퀴 돌고 다시 복도에 모습을 드러냈을 때, 나는 그 자리에서 결정했다. 밴드부 연습실에 있어야겠다. 단, 펜더 선생님이 있다는 조건에서였다. 밴드부 연습실에 혼자 들어가는 일은 결단코 없을 것이다. 그 스웨터를 입고 있지 않다고 해도 마찬가지다.

밴드부 연습실

"밀라! 어서 와!"

밴드부 연습실에 들어가자 펜더 선생님이 나를 맞았다. 오늘 선생님은 노란 장미 무늬가 들어간 파란색 원피스를 입고 벌꿀색 머리카락을 어깨까지 느슨하게 풀고 있었다. 가끔 선생님이 몇 살인지 추측해 보지만 쉽지 않다. 아는 건 선생님한테 자녀가 있다는 것뿐이다. 그런데도 특별히 아끼는 학생을 만들다니 이상하다. 어쩌면 선생님은 엄마로서도 특별히 아끼는 아이가 있을지도 모른다. '넌 이 딸랑이 가져도 돼. 그렇지만 너는 보기만 해야 해.' 이런 식으로 말이다.

나도 선생님께 인사했다.

"안녕하세요. 제가 오늘 학교에 일찍 와서요. 반별 조회 시작할 때까지 여기서 연습해도 될까요?"

펜더 선생님은 화려한 텀블러를 들어 물을 한 모금 마셨다. 하얀색 바탕에 회색 곡선이 그려져 있어 대리석처럼 보이는 텀블러에는 돌려서 여는 금속 뚜껑도 달려 있었다. 선생님이 직접 산 건지 궁금했다. 대리석 무늬 텀블러에 돈을 쓰는 사람은 과연 어떤 사람일지 잘 그려지지 않았다.

펜더 선생님은 상냥하게 대답했다.

"물론이지. 연주 연습하러 오는 건 언제든지 환영이야. 〈해적 메들리〉는 어때?"

"괜찮아요. 중간이 좀 어렵기는 해도요."

"그렇다면 트럼펫 리더가 하는 걸 눈여겨봐. 캘럼은 운지법이 완벽하더라. 선생님이 너한테 보여 주라고 부탁할—"

"아니요. 괜찮아요."

나는 펜더 선생님의 말이 채 끝나기도 전에 대답했다. 그러자 선생님은 완벽한 모양으로 다듬은 눈썹을 치켰다. 리더를 따르는 게 우리의 룰이었고, 나의 리더는 선생님의 애제자 3순위였다. 나는 선생님이 그 사실을 일깨울 거라고 생각했지만, 선생님의 두 입술은 꼭 맞물린 채 움직이지 않았다.

그때 밴드부 연습실 문이 열리며 펜더 선생님의 애제자 1순위가 들어왔다. 사미라 스펄록은 선생님에게 인사한 다음, 책가방에서 악보를 꺼냈다.

"선생님, 제 남동생이 어젯밤에 식탁에 풀을 흘려 놔서 거기에 올려 둔 제 악보가 끈적끈적해졌어요. 〈해적 메들리〉 악보를 새로 받을 수 있을까요?"

"물론이야. 선생님도 어릴 적에 남동생이랑 같이 자라서 그게 어떤 건지 잘 알지."

펜더 선생님은 사미라에게 윙크했다. 시늉이 아니라 진짜로 윙크했다.

"선생님이 한 부 복사해 줄게. 잠깐만 기다려."

펜더 선생님은 사미라의 악보를 들고 연습실을 나갔다. 사미라는 파란색 안경 너머로 나를 힐끗 봤다. 눈동자와 길게 땋은 머리는 짙은 피부색보다 두 단계 더 짙었다. 사미라는 예뻤다. 똑똑하기도 했다. 파란색 안경을 써서가 아니다.

사미라가 느닷없이 말했다.

"어제 버스에서 이상했어."

나는 마른침을 삼켰다.

"그래. 이상했어."

"걔들은 왜 널 그렇게 놀리는 거야?"

"나도 정말 모르겠어."

사미라는 얼굴을 찌푸렸다.

"나라면 그렇게 안 둬."

"넌 내가 그렇게 둔 거라고 생각해?"

"나는 그냥 네가 그런 일들을 참고 견딜 필요가 없다고 말하는 거야. 그건 정말 잘못된 일이니까. 안 그래?"

내가 너무 확대 해석하는지도 모르지만, 사미라는 버스에서 있었던 일을 모두 내 책임이라고 말하는 것 같았다.

"사미라, 나는 '참고 견디지' 않았어."

목이 메는 느낌이었다.

"나는 비켜 달라고 했는데 단테가 거절한 거야. 내가 거기서 뭘 더 어떻게 해?"

그때 캘럼이 연습실로 들어왔다. 사미라는 곁눈질로 캘럼을 보고는 땋은 머리를 뒤로 넘겼다. 캘럼은 우리를 못 본 것처럼 굴었다. 자기 자리에 앉아 앞머리를 쓸어 넘기고는 악보와 트럼펫을 꺼내 음계 연습을 하기 시작했다. 우렁찬 소리가 났다.

캘럼이 나와 사미라를 못 본 척한 것처럼 나도 캘럼을 못 본 척하고 싶었다. 하지만 불가능했다. 캘럼의 존재감은 분명했고, 그의 트럼펫 소리는 연습실을 장악했다. 마치 연습실의 모든 공기를 캘럼이 가진 것 같았다.

그런데 정말 이상한 건 거기서부터였다. 캘럼이 연주하는 모습을 보고 있자니 연습실에서 내가 떠밀리는 기분이 들었다. 트럼펫을 연주하는 캘럼을 무례한 농구부 남자애로, 버스 안의 머저리 패거리로 볼 수 없었다. 어제 일은 분명히 있었다. 본 애들이 있었고, 사미라도 그중 하나였다. 그런데 캘럼의 연주를 들으며 무섭도록 집중하는 그 눈빛을 보고 있자니 나는 캘럼이 어쩌면 마음속으로 자신은 친구들과 다르다고 여기는 게 아닐까 하는 생각이 들었다. 캘럼은 진중하다. 트럼펫 리더 자격이 있는 실력자였다.

자라가 캘럼이 나를 좋아한다고 했을 때 나는 틀렸다고 생각했다. 그런 일이 가능할까? 그렇지만 만약 자라 말이 맞다면 캘럼이 왜 그렇게 행동했는지 설명할 수 있었다. 캘럼은 먼저 나서서 놀리지 않았고, 별로 끼어들지도 않았다. 바보 같은 친구들하고 어울려 다닐 뿐이었다. 그래야 친구들이 진실을 눈치채지 못할 거였다. 만약 그것이 정말로 '진실'이라면. 어쨌든 나는 캘럼이 나를 좋아한다고 생각하지 않는다.

반별 조회를 알리는 종이 울렸다. 사미라가 한숨을 쉬며 혼잣말하듯 중얼거렸다.

"여기서 더는 못 기다리겠다. 악보는 나중에 받아야겠어."

사미라는 가방을 챙겨 밴드부 연습실에서 나갔다. 나도 사미라를 따라 연습실에서 나가려는데, 뭔가가 등 뒤를 훑는 느낌이 들었다. 아니, 등이 아니다. 더 아래쪽이다.

"어이, 밀라."

캘럼이 내 귀에 속삭였다. 진중하던 그의 표정이 그새 가벼워졌다.

"옷 갈아입었네? 그때 초록색 스웨터가 더 어울리는데."

농구 골대

"나 몸이 좀 안 좋은가 봐."

나는 맥스에게 말했다. 우리는 학교 식당에 있었다. 둘 다 점심 메뉴로 살사 소스를 추가한 치킨 부리토를 골랐다. 맥스와 이야기를 하다 보면 가끔 대화에 집중하지 않는다는 느낌을 받을 때가 있다.

"몸이 안 좋다고?"

"응. 아픈 것 같아. 속도 안 좋고. 어쨌든 오늘은 그냥 도서관에 있을까 봐. 운동장에 안 나갈래."

"날씨가 이렇게 좋은데? 그리고 지금 안 나가면 오늘 중으로는 우리 셋이 널 볼 수가 없는 걸."

"알아. 그렇긴 한데…."

나는 어깨를 으쓱했다. 그러자 맥스는 아무렇게나 기른 앞머리 사이로 나를 빤히 바라봤다. 지금은 분명히 이야기에 집중하는 거였다.

"그 애들 때문이야?"

나는 부리토를 베어 물었다.

"무슨 애들?"

"알잖아. 오미 생일날 그렇게 안고 간 애들. 그리고 어제 운동장에서도 그런 일이 있었고. 토비아스 말이야."

나는 마른침을 삼켰다. 맥스는 어디까지 알고 있을까? 밴드부 연습실에서 안아 준 사건은 못 봤고, 어제 통학 버스에도 없었다. 운동장에서는 무슨 영문인지 모르겠다는 듯이 행동했다. 그렇지만 맥스라면 당연히 다 알아차렸을 것이다. 지난 학기 이후로 맥스는 놀리는 것에 예민했다. 헌터에게 '게이'나 '맥시패드' 같은 말로 무수히 많은 놀림을 당한 뒤였다. 내가 맥스를 설득해 교감 선생님에게 자초지종을 알린 뒤에야 놀림은 끝났다. 교감 선생님은 헌터의 부모님을 호출했고, 헌터는 맥스에게 6미터 이내로 접근하지 못하게 됐다. 그 규칙은 학년이 올라간 뒤에도 지켜지고 있었다. 그래도 맥스는 늘 조마조마했다.

"그 애들 때문인 것도 맞아."

나는 손에 묻은 살사 소스를 핥으며 인정했다.

"그런데 생리통도 있단 말이야."

나는 자라와, 오미, 내가 생리 이야기를 하면 맥스가 늘 말을 돌리던 것을 떠올리며 말했다. 그렇지만 이번에는 통하지 않은 것 같았다. 맥스는 내 손에 냅킨을 쥐여 주며 말했다.

"내가 도울 수 있는 거 알잖아. 지난 학기에 헌터 일 기억하지? 내가 도서관에 숨어 있지 않도록 네가 어떻게 했는지도?"

"당연히 기억하지. 그런데 나는 지금 숨는 게 아니잖아."

"밀라, 네가 교감 선생님에게 그 애들이 하는 짓을 알리고 싶다면 내가 같이 갈게. 지금 가도 돼."

나는 얼른 대답했다.

"고맙지만 괜찮아. 너하고 헌터 사이에 있던 일하고는 달라. 그렇지만 고마워. 진심이야."

맥스는 찌푸린 얼굴로 사과를 씹었다. 때마침 오미와 자라가 우리를 향해 달려왔다.

"어떡해! 너무 떨려서 토할 것 같아!"

자라가 외쳤다. 오늘 자라의 티셔츠 문구는 'Be Danced, or Dance(!??)' 였다. 무슨 뜻인지 알쏭달쏭했다. 오미가 설명했다.

"이따 합창부에서 독창 경연이 있대. 점심시간 끝나면 바로야. 그런데 자라, 토하는 건 제발 밖에서 해 줘."

"노력해 볼게. 우선 여기서 빨리 나가자!"

자라는 땀으로 축축해진 손으로 내 팔을 와락 잡았다.

"밀라, 뭐든 좋은 쪽으로 이야기 좀 해 줘."

"알겠어. 넌 분명히 엄청나게 잘할 거야."

나는 부리토를 크게 한 입 베어 물면서 말했다.

"그래? 진짜로? 이유도!"

"넌 목소리가 진짜 좋아. 그건 누구나 아는 사실이지. 만약 다른 사람이 독창을 하게 된다면 난 공연 불매 운동을 벌일 거야."

맥스가 말했다.

"나도 마찬가지야. 우리가 플래카드 들고 갈게!"

오미도 거들었다.

"교실 밖으로 나설 거야."

자라가 웃음을 터뜨렸다.

"너희들이 최고야. 계속 이렇게 이야기해 줘. 알겠지? 단, 좋은 이야기로

만."

자라는 내 팔을 잡은 채 우리를 데리고 나와 운동장으로 갔다. 나는 인정해야 했다. 외톨이로 도서관에 숨는 것보다는 따스한 햇볕을 쬐는 게 더 기분 좋았다. 이렇게 햇살 좋은 날씨가 이번 가을에 몇 번이나 남아 있을까? 벌써 저녁이면 쌀쌀했고, 나뭇잎도 어느새 노랗고 빨갛게 물들고 있었다.

우리 아지트인 운동장 가장자리의 조약돌 구역으로 가는데, 갑자기 자라가 멈춰 섰다.

"얘들아, 있잖아. 나 오늘 농구공 좀 던질래."

내가 말했다.

"농구를 하겠다는 뜻이야? 남자애들하고?"

"안 될 것도 없잖아?"

자라는 남자애들보다 키가 더 크고 운동 신경이 뛰어났다. 그냥 뛰어난 정도가 아니라 특출나게 뛰어났다.

"나 지금 떨려서 미칠 것 같단 말이야! 에너지를 쓰면 괜찮아질 거야."

"음, 그런데 내 생각에는… 걔들이 농구하려고 할지 모르겠어."

자라는 모욕이라도 당한 얼굴이었다.

"걔들이 왜 안 하겠어?"

"그냥… 걔들 이상하게 굴 때가 있잖아. 여자애들한테."

나는 얼굴이 달아오르기 시작했다.

"난 걔들이 이상하다고 생각 안 해. 그리고 밀라, 좋은 이야기만 하기로 한 거 기억하지? 어쨌든 좀 뛰지 않으면 나 미쳐 버릴 거야!"

맥스가 내 쪽을 힐끗 보면서 말했다.

"다른 걸 하자. 저기서 하는 술래 안 잡기에 끼는 건 어때?"

나는 얼른 찬성했다.

"좋은 생각이야."

그렇지만 자라는 벌써 시합 전에 몸을 풀듯 까치발로 뛰고 있었다.

"술래 안 잡기인지 뭔지 그건 너무 시시해. 규칙도 아무도 모를걸. 어쨌거나 범생이들이나 하는 거야."

맥스가 말했다.

"그렇지만 난 범생이야. 재러드도 그렇고."

내가 물었다.

"재러드가 누구야?"

"재러드 휘트먼 말이야. 전학 온 애야. 오케스트라부에 있어. 라틴어 반이고."

자라가 놀렸다.

"그러니까 둘이 이제 절친이란 말이지."

"자라, 라틴어 수업 듣는 게 우리 둘만은 아니잖아!"

맥스는 웃으며 얼굴을 붉혔다. 전학 온 애가 마음에 드는 것 같았다.

오미가 나섰다.

"자라, 농구하고 싶으면 해야지. 가 봐. 우리가 응원할게."

"그래, 고마워, 오미."

자라는 나를 돌아보지도 않고 농구 골대로 갔다.

"나도 할래! 누구네 팀으로 갈까?"

농구부 남자애들이 자라를 빤히 쳐다봤다. 리오는 웃음을 터뜨렸다. 함께 있던 단테가 말했다.

"누가 끼워 준대?"

"내가. 아니면 와르다크 선생님을 부를까? 난 그럴 의향이 있거든."

"아니야."

리오는 눈을 가린 앞머리를 넘겼다. 그가 자라를 위아래로 훑어보는 모습을 보고 있자니 내 속이 꼬였다.

"어쨌든 키는 되겠어."

"당연하지! 나 172센티미터 넘는다고."

"그래. 그래 보여. 크고 젓가락처럼 길쭉해."

단테가 말하며 한쪽 팔을 길게 뻗었다. 그러자 토비아스가 씩 웃었다. 나는 자라의 눈길을 끌려고 했지만 자라는 외면했다. 리오가 단테의 말을 들었는지는 알 수 없었다. 리오가 자라에게 말했다.

"그런데 안 될 것 같은데. 네가 들어오면 숫자가 안 맞거든. 그러니까 다른 사람도 껴야 해."

오미가 재빨리 거절했다.

"난 빼 줘. 농구 할 신발도 아니고 또—"

"밀라가 해."

리오가 말했다. 그의 옅은 녹색 눈동자가 나를 보고 있었다.

"우린 밀라가 같이 했으면 좋겠어."

토비아스가 웃었다.

"그래. 밀라가 해. 그 스웨터는 안 입었지만."

캘럼은 잠자코 농구공만 드리블했다. 탕. 탕. 탕. 농구공이 운동장 바닥을 치는 소리가 울렸다. 가슴 속에서 나방 떼가 깨어나 퍼덕이고 있었다. 나방들은 거대한 전구라도 본 것 같았다. 나는 불쑥 말했다.

"캘럼. 닥쳐."

캘럼이 놀란 표정으로 고개를 들었다.

"나 아무 말도 안 했어."

'지금 말고. 아까 밴드부 연습실에 있을 때 나한테 말 안 했어? 펜더 선생님하고 사미라한테 안 들릴 때를 골라 말한 거잖아.'

자라의 눈길이 남자애들에게 닿았다가 나에게, 그리고 다시 리오에게 향했다.

"무슨 스웨터? 그 녹색 스웨터 말이야?"

"자라, 내가 말했잖아. 애들은 그 스웨터가 행운을 가져다 준다는 말도 안 되는 소리를 한다고."

"어쩌면 스웨터만이 아닐지도 몰라."

토비아스가 말했다. 단테도 나섰다.

"그래, 밀라. 셔츠도 행운을 가져오는지 보자! 안아 줘!"

단테는 두 팔을 벌리고 나를 향해 좀비처럼 걸어왔다. 나는 뒷걸음치며 외쳤다.

"그만둬, 단테! 그런 거 재미없어!"

남자애들이 웃었다. 이제는 다른 애들도 와서 농구장 바깥에서 구경하고 있었다. 헌터도 패거리 세 명과 함께 있었다. 맥스와 오미는 어느새 사라지고 없었다.

자라는 이제까지 한 번도 본 적 없는 딱딱하게 굳은 표정으로 나를 쳐다보며 친한 친구 사이에는 어울리지 않는 말투로 말했다.

"밀라. 네가 농구 안 하겠다면 아무도 강요 안 해."

상담

나는 빠른 걸음으로 학교 건물로 들어갔다. 가슴이 쿵쾅거렸고, 어디로 가고 있는지 모를 정도로 정신이 없었다. 친구들이 내 편을 들지 않았다. 대체 왜? 맥스라면 이해할 수 있었다. 헌터 패거리가 두려운 만큼 농구부 애들이 두려울 수 있었다. 오미도 맥스를 따라가 버렸다. 맥스를 혼자 보낼 수 없어서 그랬을 것이다. 나와 자라 사이의 묘한 분위기도 보고 싶지 않았을 것이다. 싸움이라면 뭐든 싫어하는 오미의 성격상 그 두 가지가 섞였을 것 같았다. 그런데 자라에 관해서는 어떻게 생각해야 할지 알 수 없었다. 자라는 왜 남자애들이 나를 놀리는데도 막아 주지 않았을까? 독창 경연 때문에 떨린다고는 했다. 그래도 그렇게까지 농구를 해야 하는 건 아니었다. 내가 당한 일을 미처 다 몰라서였을까? 자라는 리오가 생일이라며 내게 거짓말한 것도, 버스에서 있었던 일도, 오늘 아침 밴드부 연습실에서 캘럼이 나에게 했던 말도 모른다. 그렇지만 한 가지 사례는 눈앞에서 똑똑히 봤다. 그랬는데도 내 편에 서지 않았다. 한마디도 해 주지 않았다. 단테에게 누가 들어도 악의적인 뜻이었던 '젓가락처럼 길다'라는 말을 들을 때조차 아무 말도 하지 않았다.

왜 나를 그런 표정으로 봤을까? 설마 질투해서? 그렇다면 대체 뭘 질투한 걸까? 남자애들이 나에게 보이는 관심은 좋아서 보이는 호기심과는 전혀 다르다. 그런데 그게 왜 자라에게는 보이지 않는지, 남자애들의 관심이 얼마나 불쾌한지를 눈치채지 못하는지 이해할 수 없었다.

'자라에게는 내 감정보다 리오가 더 중요한 걸까?'

핸드폰으로 시간을 확인했다. 밴드부 연습 시작까지 21분이 남아 있었다. 와르다크 선생님은 운동장에 있으니 내가 복도에 있다고 야단칠 수 없었다. 그렇다고 해도 전혀 눈에 띄지 않고 복도에서 21분을 버틸 수는 없었다. 갈 만한 '적당한 데'가 있는 것처럼 보이는 편이 나았다.

아무렇게나 복도를 따라가다 보니 나는 '학생 상담실'이라고 쓰인 문 앞에 서 있었다.

'사실 나한테 필요한 거야. 상담. 유치하게 누굴 이르진 않아. 게다가 아까 자라의 태도를 보아하니 리오에게 벌을 받게 했다가는 나한테 절교하자고 할걸. 그러면 오미도 마찬가지일 거고.'

그렇지만 조언을 들어 보면 좋을 것 같았다. 며칠 간의 일을 어떻게 생각해야 할지 실마리를 얻는 것도 괜찮을 것 같았다. 가정통신문에는 나를 담당하는 상담 선생님은 로리 매니스캘코 선생님이라고 나와 있었다. 2주 전 조회에서 2학년 담당 선생님들을 소개하는 시간에 본 바로는 인상이 아주 좋았다. 뭐든지 털어놓아도 될 것 같은 느낌이었다.

나는 책상 앞에 앉아 있는 상담실 관리 직원에게 걸어갔다. 눈썹을 신기하게 그린 데다가 정수리 부근의 머리가 한쪽으로 기울어져 있었다. 나도 모르게 빤히 쳐다봤다. 그리고 한발 늦게, 그러니까 내 시선을 들킨 뒤에야 나는 그 머리가 가발이라는 것을 깨달았다. 나는 명찰에서 J. 커츠

버거라는 이름을 확인하고 최대한 침착하게 물었다.

"안녕하세요. 저는 밀라 브레넌인데요, 로리 매니스캘코 선생님하고 상담하고 싶어요. 아주 중요한 일이에요."

직원은 컴퓨터 화면에서 시선을 떼고 나를 올려다봤다.

"저런, 어쩌지? 매니스캘코 선생님은 안 계시는데. 못 들었니? 출산 휴가 가셨어."

출산 휴가? 조회 시간에 마이크 앞으로 걸어 나오는 자세를 보고 선생님이 임신한 줄은 알고 있었다. 그런데 출산 휴가를 바로 갈 정도일 줄은 몰랐다.

어쩔 수가 없었다. 갑자기 눈물이 흘렀다.

직원이 자리에서 일어나 티슈를 건넸다. 상자 겉면에는 마커로 '상담실 전용. 가져가지 마시오'라고 쓰여 있었다(선생님이 쓴 걸까?). 직원은 다시 자리로 돌아가 자판을 급하게 두드리기 시작했다.

"밀라, 잠시만. 내가 좀 찾아볼게. 아직 대체 선생님이 없어. 새로운 선생님이 오실 때까지 우선 돌런 선생님하고 상담하고 있으면 되겠다."

"돌런 선생님이요? 전 그 선생님이 어떤 선생님인지도 몰라요!"

그렇게 항의해 봐야 우스운 일이었다. 어차피 매니스캘코 선생님도 모르기 때문이다. 그렇지만 '아무' 선생님한테나 상담하게 될 줄 알았더라면 들어오지도 않았다. 나에게는 매니스캘코 선생님이 필요했다. 뭐든지 이해해 줄 것 같은… 여자 선생님이 필요했다.

"자, 그러지 말고. 돌런 선생님 시간이 괜찮은지 보고 올게."

직원은 일어나더니 복도를 따라 몇 미터 떨어진 방 문을 노크했다.

"밀라 브레넌 학생 들여보내도 될까요? 매니스캘코 선생님 담당 학생이에요."

"그럼요!"

쾌활한 성인 남성의 목소리가 복도에 울렸다.

'아직 도망칠 시간이 있어. 그냥 나가!'

그렇지만 나는 복도를 따라 돌런 선생님의 작은 사무실로 들어갔다. 선생님은 젊고 건장한 인상이었다. 짧게 친 머리에 학교 이름이 박힌 반지를 끼고 있었다. 벽 한쪽에는 농구 선수들의 사인 포스터가 붙어 있었고, 작은 회색 소파에 놓인 파란색과 주황색 쿠션에는 시카고 베어스(시카고가 연고지인 미식축구팀)의 로고가 보였다.

"자, 어쩐 일로 왔을까?"

돌런 선생님이 물었다. 활짝 웃자 눈가에 주름이 잡혔다.

'도망쳐!'

"사실 전 매니스캘코 선생님하고 상담할 줄 알았어요. 선생님이 휴가를 가신 줄 몰랐거든요."

"그건 선생님 본인도 몰랐지! 라이언 녀석이 좀 일찍 나오기로 결정해 버린 거야."

돌런 선생님이 씩 웃었다.

"그래서 무슨 일이지, 밀라?"

돌런 선생님은 내 이름을 알고 있다는 걸 보여 주려는 듯 덧붙였다. 목구멍으로 유리 조각을, 아니면 자갈돌을 삼킨 것 같은 느낌이 들었다.

"설명하기가 좀 어려워요."

"그렇지만 설명하려고 온 거지? 왜 선생님한테는 하지 않을까?"

돌런 선생님은 소파를 가리켰다. 이제는 꼼짝없이 걸렸다. 나는 푹 꺼진 소파 끄트머리에 걸터앉았다.

"알겠어요. 사실은, 제가 놀림을 당하고 있어요. 아니, 놀림 비슷한 걸 당하고 있어요."

"놀림을 당한다고? 아니면 놀림 같은 걸 당한다고?"

"어, 일반적인 놀림은 아니에요."

"어떻게 그렇지?"

"설명하기 힘들어요."

"알았다. 밀라, 이런 이야기를 듣다니 유감이다. 누가 그러는지 물어도 될까?"

"이름은 말 안 하는 게 나을 것 같아요."

"그 말도 맞다. 내 역할은 더 힘들어지겠다만."

돌런 선생님은 회전 의자 팔걸이에 팔꿈치를 기대고 주먹으로 뺨을 괴었다. 이야기를 듣는 자세인 것 같았다.

"놀리는 애들에 관해 뭐든 이야기할 거 없니?"

나는 목소리를 가다듬었다.

"별로요."

"흠, 밀라, 그렇다면 좀 어려운데―"

"남자애들이에요."

"그렇구나. 그렇다면 뭘 가지고 널 놀리는 거지? 선생님한테 말해도 괜찮다면 이야기해 줄래?"

"음, 제 옷을 가지고요."

"네 옷을?"

돌런 선생님은 내 빨간색 식탁보 셔츠를 흘깃 봤다.

"네, 간단히 말하면 그래요."

"특별히 놀리는 표현이 있어?"

"아니요. 그냥… 제 옷에 대해 뭐라고 해요."

돌런 선생님은 천천히 고개를 끄덕였다.

"알겠다, 밀라. 알겠지만 보통은 문제가 생기면 관련된 녀석들을 다 불러 모아서 이야기를 천천히 듣고 문제를 해결하는 게 기본이야. 그렇지만 상담 학생인 네가 관련된 애들을 밝히고 싶지 않다면—"

"전 밝히고 싶지 않아요."

"그러면 나로서는 도와주기가 쉽지 않아. 밀라, 무슨 말인지 알지?"

나는 슬슬 돌런 선생님이 밀라라는 단어를 대체 몇 번이나 말하는지 거슬리기 시작했다. 내 이름을 충분히 많이 부르면 내가 최면에 걸린 듯 자기를 신뢰할 거라고 믿기라도 하는 것 같았다.

"아마도요."

"그렇다면 이런 상황에서 선생님의 최선은 이거야. 너도 2학년 남자애들이 얼마나 철이 없는지는 알고 있을 거야. 거물이나 되는 것처럼 으스대면서, 한다는 말은 시시하고 들어 주기 힘들 때가 많지. 그런데 그런 애들은 사람이든 사물이든 잘 나가는 걸 더 놀리곤 해."

'놀리는 게 뭔지는 저도 알아요. 그런데 이건 달라요.'

돌런 선생님은 내 쪽으로 몸을 숙였다. 그러자 회전 의자가 끼익 소리를 냈다.

"다만 그렇다고 해서 그 애들의 내면이 시시하거나 봐 주기 어렵다는 뜻은 아니야. 그냥 친구들에게 허세를 부리는 경우가 많아. 그러니까 만약 이번에도 그런 경우라면, 밀라, 내 경험상 가장 좋은 대응 방식은 그냥 무시하는 거야."

'그렇지만 그게 불가능해요. 제가 무시하게 내버려 두지 않아요!'

나는 고개를 끄덕였다. 돌런 선생님은 빙그레 미소를 지었다.

"무시하기가 쉽지 않지. 알아. 그렇지만 약속할게. 그건 굉장히 효과적일 거야."

"네. 해 볼게요."

"좋아."

돌런 선생님은 자리에서 일어나 바지를 툭툭 쳐 보이지 않는 먼지들을 털어 냈다.

"그럼, 밀라, 이야기하고 싶을 때면 언제든 와라. 어떻게 돼 가는지도 알려 주고. 알겠지?"

나도 자리에서 일어섰다.

"그럴게요. 고맙습니다. 그런데요, 선생님."

"뭐지, 밀라?"

얼굴이 화끈거리는 게 느껴졌다.

"매니스캘코 선생님이 언제 돌아오시는지 아세요?"

"출산 휴가에서 언제 돌아오시냐고?"

"네, 맞아요."

"3개월 뒤에 오실 거다."

의자

펜더 선생님은 밴드부 연습실 밖 복도에 서서 오케스트라부의 브로드워터 선생님과 이야기를 나누고 있었다. 그 말인즉슨 연습실 안에 선생님이 없다는 뜻이었다. 나는 연습실에 들어가고 싶지 않아졌다. 그래서 연습실 문 앞에서 운동화 끈을 묶으며 시간을 끌었다. 끈을 다시 풀고, 삼중으로 묶었다.

'끈이 너무 더럽잖아. 너덜거리고. 엄마한테 새로 사 달라고 해야겠어. 주말에 쇼핑 가면 말해야지. 엄마가 약속했으니까. 그렇지만 엄마는 출근할지도 모른다고 했는데—'

드디어 펜더 선생님이 나의 존재를 알아차렸다.

"밀라? 들어가서 준비해야지. 선생님도 금방 들어갈 거야."

"네, 선생님."

'제발, 제발, 빨리 들어오세요.'

나는 애들로 북적이는 밴드부 연습실을 가로질러 자리로 향했다. 몇몇은 음계 연습을 하고 있었고, 또 몇몇은 보면대의 악보를 정리하고 있었지만 대부분은 웃고 떠들고 있었다. 나는 내 자리에 앉았다. 옆자리의 캘럼은 뒷줄의 단테와 이야기하고 있었다. 나는 케이스에서 트럼펫을 꺼내 얼룩진 부분을 회색 조각천으로 닦았다. 쓱. 쓱. 쓱. 트럼펫을 닦는 건 근사하면서도 중요한 일이다.

"밀라."

캘럼이 불렀다.

쓱. 쓱. 쓱.

"밀라."

쓰윽—

"밀라. 아까 점심시간에 어디 갔었어?"

"그걸 네가 알아야 해?"

"아니. 그런데 너 우리한테 화났어?"

쓱.

"화내지 말아 주라, 어? 우리 그냥 장난친 거야."

단테가 거들었다.

"너 정말 유머 감각 좀 길러야겠다."

'단테도 같이 이야기 중이었어?'

내가 대답했다.

"사실 나 유머 감각 있어. 너희보다 좋을걸? 그런데 그 안아 달라는 것 같은 시시한 일은 재미없어. 난 이제 지겨워지려고 하니까, 그만뒀으면 좋겠어. 알겠어? 너희 모두. 리오하고 토비아스 포함해서 전부."

캘럼이 대꾸했다.

"알았어."

'뭐라고? 캘럼이 알았다고 했어.'

이게 다라고? 그러니까 내가 해야 했던 말은 그저 그만두라는 거였고, 그러면 캘럼이 알았다고 하면서 이 지긋지긋한, 단순한 놀림이 아닌 이 일이 끝나는 거였어? 이제 모든 일상이 평상시로 돌아가는 걸까? 점심시간도, 친구들과의 우정도? 믿기 힘들 만큼 좋은 결과다! 왜 이걸 일찍 알아차리지 못했을까? 나는 조각천을 집어넣고 악보를 보면대에 올려놓으면서 웃음을 감출 수 없었다. 이상한 일들은 모두 끝났다. 야호!

그렇게 속으로 즐거워하는데, 캘럼의 의자가 내 쪽으로 조금 가까워져 있었다. 어쩌면 캘럼이 준비하다가 자기도 모르게 그랬는지도 몰랐다. 그런 건 상관없었다. 머저리같이 구는 걸 그만두겠다고 했는데 겨우 의자 간격 가지고 싸울 생각은 눈곱만큼도 없었다. 나는 내 의자를 오른쪽으로 15센티미터쯤 움직였다. 그러자 로언 크롤리가 항의했다.

"어, 밀라, 너무 좁잖아."

"앗, 그래? 미안해."

나는 의자를 다시 왼쪽으로 옮겼다. 온 만큼 움직이지는 않았다. 10센티미터 정도만 움직였다. 캘럼은 악보에 몰두하고 있었다. 나는 속으로 캘럼의 가장 큰 장점은 저 진지한 얼굴이라고 생각했다.

드디어 펜더 선생님이 연습실에 들어왔다.

"자, 좋아. 모두들 음악 하는 기본 자세 알지? 허리 세우고, 가슴 펴고, 발에 힘주고, 눈은 선생님한테 집중! 〈해적 메들리〉 리허설 B부터, 음은 경쾌하고 깨끗하게, 박자는 안정적으로! 사미라, 네가 첫 두 소절을 시작하자."

펜더 선생님의 애제자 1순위가 자리에서 일어나 연주를 시작했다. 우리는 모두 사미라의 클라리넷에 귀를 기울였다. 그런데 내 머리 뒤편에서 뭔가가 느껴졌다. 어두운 방 안에서 모기가 윙윙거릴 때의 느낌이었다. 보이지는 않지만 성가신 모기가 가까이에 있다는 걸 알 수 있었다. 목 뒤가 따끔했다. 나는 모기를 쫓기 위해 하나로 묶은 머리를 걷으려고 손을 뻗었다. 그런데 내 손에 뭔가가 세게 부딪혔다. 단테의 코였다.

"아야!"

단테가 나동그라졌다. 숨이 턱 막혔다.

"너 지금 뭐 했어?"

"아무것도 안 했어."

단테는 콧잔등을 문지르며 대답했다. 그러자 애너벨이 목소리를 낮춰 다그쳤다.

"시끄러워! 사미라가 연주 중이잖아!"

단테가 애너벨의 말을 무시하며 말했다.

"밀라, 나 오늘 악보를 안 가져왔어. 너하고 같이 보려고 숙이고 있던 것뿐이라고."

나는 사납게 대꾸했다.

"안 믿어!"

그러자 캘럼이 말했다.

"왜 못 믿어? 단테는 아주 신뢰할 수 있는 사람인데."

단테의 양옆에 앉은 루이스 가르시아와 대니얼 전이 키득거렸다. 애너벨은 차갑게 쏘아보고 있었고, 그 옆옆에 앉은 리아나 브룩의 표정은 맹하게 바뀌어 있었다. 리아나는 짐짓 아무것도 듣지 못했다는 표정이었지만, 그건 절대로 불가능했다. 온몸에 식은땀이 흘렀다.

'어떻게 이럴 수 있지? 이런 일은 이제 없다고 지금 막 이야기 끝난 거

아니었어? 그리고 왜 아무도 안 말리는 건데? 루이스, 대니얼, 애너벨, 리아나, 그 누구도—'

그사이 사미라의 연주가 끝났다. 자리에 앉으며 한숨을 푹 쉬는 것으로 보아, 아까의 소란에 신경이 쓰였던 게 분명했다. 그건 펜더 선생님도 마찬가지였다. 선생님이 말했다.

"트럼펫 쪽에 문제 있어? 동료 연주자에게 실례할 이유가 있는 거야?"

그 동료 연주자가 내가 아니라는 걸 깨닫는 데에는 시간이 걸렸다. 펜더 선생님은 내가 아니라 사미라를 말하고 있었다. 내가 말했다.

"죄송합니다. 단테가 방금 제 쪽으로 너무 가까이 와서요."

단테가 반박했다.

"일부러 그런 거 아니에요. 악보를 읽으려고 한 것뿐이에요. 어찌 됐든 밀라가 그렇게 나올 것까진 없었고요."

"과잉 반응이었어요."

캘럼이 끼어들었다. 펜더 선생님이 팔짱을 꼈다.

"단테, 왜 꼭 밀라의 악보를 봐야 했는지 설명해 봐."

'드디어! 말해 봐! 듣고 있으니까.'

"제 악보를 사물함에 두고 왔어요. 실수로요."

단테는 실수였다는 걸 덧붙였다. 당황하는 기색이었다.

"연습실에 올 때는 준비를 철저하게 하고 와야지."

펜더 선생님은 엄격하게 말했다.

"누구든 동료의 연주를 존중하지 못하겠다면, 가만히 못 있고 유치원생들이나 할 행동을 꼭 해야겠다면, 그때는 자리에 변화가 있을 거야. 무슨 말인지 알지?"

펜더 선생님은 나도 그 유치원생 중 하나라고 생각하고 있었다. 뺨이 타오르는 것 같았다. 나는 다시 말했다.

"죄송합니다."

단테도 한 번 더 말했다.

"죄송합니다."

캘럼은 예의 그 진지한 음악가의 표정으로 말했다.

"선생님, 다시는 이런 일 없을 겁니다."

"그렇다면, 좋아."

펜더 선생님이 대답했다. 그걸로 끝이었다. 선생님은 그 말을 믿을지 모르지만 나는 절대로 믿지 않는다.

운동화

그렇게 나는 일이 아직 끝나지 않았다는 걸 알게 됐다. 지난 며칠간 아무일이 없었다면 나도 단테의 변명에 그럴 수 있다고 생각했을 것이다. 그렇지만 악보를 실수로 사물함에 두고 온 게 사실이라고 해도 꼭 내 악보를 볼 필요는 없었다. 양옆에 대니얼과 루이스도 있었고, 어깨 너머로 캘럼의 악보를 볼 수도 있었다. 단테의 친구는 내가 아닌 캘럼이다. 더구나단테는 눈이 나쁘지 않다. 내 악보를 보고 있던 게 사실이라도 얼굴을 그렇게까지 바짝 댈 필요는 없었다. 내 어깨를 툭 치든지 해서 가까이 가도괜찮은지 물어봐야 하는 건 두말할 필요도 없었다. 그리고 그때, 캘럼도다가왔다. 당시에는 확신하지 못했는데 지금 떠올려 보니 분명했다. 단테와의 일이 일어나기 직전에 캘럼은 이렇게 말했다.

'그래, 알겠어. 우리가 무슨 일을 했는지 모르겠지만 아무튼 안 할게.'

그런데 사실은 이렇게 말한 거였다.

'생각해 봤거든? 달라진 건 없어. 네가 뭘 어떻게 하든 아무것도 달라지지 않을 거야. 우리한테 말을 하든 안 하든 상관없어. 우리를 무시하든말든 전혀 상관없어. 아, 통학 버스? 문제 생기는 게 싫으면 네가 타지 마.'

하교 시간을 알리는 종이 울렸을 때, 나는 통학 버스는 생각도 하지 않았다. 단테나 그 일당 중 누군가의 옆에 앉고, 어깨를 부딪치고, 자리가 좁아지고, 내릴 때 눌릴 거라는 생각만으로도 모기가 귓가에서 윙윙거리는 소름 돋는 느낌이 살아났다. 집까지는 3킬로미터 정도 걸어가야 하지만 나는 운동화를 신고 있었다. 해들리가 도착하기 전에 가야 하지만 서두르면 가능할 것이다. 아마도 갈 수 있을 것이다. 해들리의 유치원 버스가 평소보다 일찍 도착하는 일만 없으면 된다.

나는 낡고 너덜거리는 운동화 끈을 마지막으로 다시 한번 더 고쳐 매고 식탁보 무늬의 셔츠 단추를 끝까지 채운 다음, 그대로 걷기 시작했다.

지각

집에 도착해 보니 해들리가 현관 계단에 앉아 있었다. 곁에는 체리시와 에임스 아줌마가 함께 있었다. 체리시는 같은 동네에 사는 유치원생으로 아직도 엄지를 빠는 습관이 있다. 에임스 아줌마는 체리시의 엄마로 금발로 염색한 머리카락을 허리까지 길게 늘어뜨리고 다닌다.

에임스 아줌마가 나를 보자마자 계단에서 일어서며 긴 머리카락을 뒤로 넘겼다.

"왔구나? 봤지? 밀라가 잊어버린 게 아니라고 했잖아!"

"제가 왜 집에 오는 걸 잊겠어요?"

버릇없이 들렸을까? 잘 모르겠다. 에임스 아줌마는 치아를 드러내며 활짝 웃었다.

"밀라, 너 4분 늦었잖니. 해들리가 무지무지 걱정했거든."

나는 해들리를 힐끗 봤다. 해들리는 오레오를 먹고 있었다. 엄마가 사오는 싸구려 오레오(나는 그걸 '스토어레오'라고 부른다)가 아닌 진짜 오레오였다. 아마도 에임스 아줌마가 체리시가 손가락을 빠는 걸 막으려고 챙겨온 것 같았다. 나는 거짓말로 둘러댔다.

"숙제 때문에 학교에 남아야 했어요. 해들리 돌봐 주셔서 고맙습니다."

"천만에. 그런데 밀라, 다음번에 '숙제'가 있을 때는 말이야."

에임스 아줌마는 숙제라는 대목에서 양손으로 따옴표 치는 흉내를 냈다. 거짓말이라는 걸 알고 있다는 뜻 같았다.

"나한테 전화해 줘. 그러면 해들리를 봐야 한다고 알 테니까. 네 핸드폰 줄 수 있니? 내 번호 저장할게."

에임스 아줌마는 손을 내밀었다. 내게 선택권은 없었다. 아줌마는 파란색 손톱으로 내 핸드폰에 전화번호를 입력했다. 그리고는 내게 핸드폰을 돌려주면서 체리시가 손가락을 입에 넣으려는 걸 낚아챘다.

"우리 아기, 공공장소에서는 안 돼. 자, 그럼. 해들리도 안녕."

"안녕."

해들리가 인사했다.

나는 열쇠를 꺼내 현관문을 열었다. 우리는 안으로 들어갔고, 해들리는 식탁 앞에 앉았다. 나는 냉장고에서 우유를 꺼내 컵에 따랐다.

"너도 마실래?"

해들리는 고개를 저었지만 그래도 나는 한 컵 따라 줬다.

"어떻게 이름을 체리시라고 지었을까? 너무 아기 같은 이름이야. 아직도 손가락을 빠는 게 이름 때문은 아닐까?"

평소의 해들리라면 적어도 낄낄거리기는 했을 것이다. 그런데 이번에는 어깨만 으쓱했다. 나는 계속해서 말했다.

"그리고 저 아줌마 머리카락 진짜 길지 않아?"

해들리는 다시 한번 어깨를 으쓱했다. 나는 한숨을 푹 쉬었다.

"알았어. 나한테 화났다는 거지?"

"응."

"정말 미안해. 학교에 늦게까지 남았어야 했거든. 어쩔 수 없었어."

"숙제가 있었어?"

"뭐 그런 거야."

"무슨 숙젠데?"

"복잡해. 어쨌든 앞으로 숙제가 생기면 에임스 아줌마한테 전화할 테니까 걱정하지 마. 그리고 다음에는 빨리 올게. 약속."

"알았어."

해들리는 내 말을 완전히 믿지는 않는 것 같았다. 나는 해들리가 우유를 남김없이 다 마시길 기다렸다가 물었다.

"해들리? 언니한테 엄청나게 좋은 일 하나 해 줄래? 오늘 늦은 거 엄마한테 말하지 말아 주라."

"숙제하다가 늦은 거? 왜?"

"그냥. 엄마가 요새 회사 일 때문에 스트레스 많이 받는 거 알지? 상사가 나쁘다고 계속 그러잖아. 나까지 걱정하게 만들기 싫어서 그래."

해들리는 얼굴을 찡그렸다.

"엄마가 왜 언니를 걱정해?"

"엄마는 뭐든지 걱정하는 성격이니까! 그리고 엄마는 퇴근하면 엄청 피곤해 하잖아. 우리가 엄마를 쉬게 만들어 줘야 해. 알겠지?"

해들리가 얼굴을 잔뜩 찌푸렸다. 처음엔 울상인 줄 알았는데, 강아지들이 냄새 맡을 때 짓는 표정을 따라 한 거였다. 해들리는 자리에서 벌떡 일어나 거실로 달려갔다.

"으휴, 냄새! 델릴라가 쌌어!"

공원

집까지 머나먼 길을 걸어온 뒤에 가장 하고 싶지 않은 일은 델릴라 산책
이었다. 그렇지만 산책을 안 시킬 수는 없었다. 델릴라가 잘못한 건 아무
것도 없었다. 내가 통학 버스에 탈 수 없던 것도, 내가 늦는 바람에 자리
에서 실례한 것도 델릴라 잘못이 아니었다.

나는 뒤처리를 한 뒤 해들리에게 델릴라와 공원에 다녀오겠다고 말했
다. 목줄을 풀고 달리는 건 델릴라가 무엇보다 좋아하는 일이다. 그리고
나와 델릴라가 나간다는 것은 해들리도 가야 한다는 뜻이었다.

"그으래."

대답을 보아하니 '난 아직 언니한테 화가 나 있어. 그러니까 나한테 잘
해 주는 게 좋을 거야. 안 그럼 엄마한테 다 말할 거니까'라고 말하는 것
같았다. 그렇지만 해들리는 밖으로 나가자마자 원래의 모습으로 돌아왔
다. 반 친구 하나가 이가 빠져서 이빨 요정에게 10달러를 선물 받았는데,
그 애 형이 와서 이빨 요정을 믿느냐고 물었고, 친구가 안 믿는다고 대답
하자 형이 그렇다면 10달러를 내놔야 한다고 했다는 이야기를 길게 재잘
거렸다.

이야기는 한참 더 있었지만, 얼마 지나지 않아 나는 딴생각에 빠졌다. 해들리가 이야기하다가 숨을 돌리느라 조용해질 때 "그렇구나" 또는 "정말?" 하고 맞장구만 쳤다. 나는 길가의 사람들을 쳐다봤다. 사람들은 가게에 들어가고, 우편물을 확인하고, 주차비를 정산하고 있었다. 왜 자꾸 쳐다보게 되는지 이유는 알 수 없었다. 그렇지만 이상한 일로 가득 찬 하루를 보낸 끝에 보는 평범하고 단조로운 일상은 왠지 위로가 됐다.

해들리와 델릴라와 함께 걸으며 사람들을 지켜보는 일은 와이드 카메라로 세상을 보는 것의 다른 버전이었다. 작은 어항에서 헤엄치는 물고기가 있다고 상상해 보자. 카메라가 뒤로 물러난다. 어항은 사실 연못이었다. 카메라가 더 물러나자 연못은 사실 바다였다는 것이 드러난다. 그렇게 카메라는 점점 더 멀리멀리 물러나고, 결국 지구의 오대양과 육대주까지 보이게 된다.

나는 이런 촬영 기법이 좋았다. 나의 문제는, 그러니까 물고기가 어항에서 헤엄치는 것 같은 일은 지구 전체를 두고 생각하면 작은 일이고, 대단하지 않다고 말해 주는 것 같았다. 이러한 시각은 나에게 학교와 상관없이 존재하는 것들을 일깨워 줬다.

나는 그런 생각을 하며 해들리와 델릴라와 함께 도서관, 우체국, 단골 피자 가게, 응급 센터, 부동산 앞을 걸었다. 그리고 'E모션스'라는 새로운 간판이 달린 건물 앞을 지나갔다. 그 뒤로는 머릿속으로 상상하며 놀았다. 저기서는 뭘 팔고 있을까? '당황'을 팔까? '질투'를 팔까? 아닐 것이다. 그런 감정을 누가 산다고?

'행복 100그램 정도 주실래요? 안도감도 같이 넣어서요. 아니, 많이 넣어 주세요. 놀람은 포장으로 가져갈게요.'

드디어 공원 입구가 보였다. 그런데 그 순간 나는 심장이 철렁했다. 왜냐하면 거기에, 입구에 있는 빨간 단풍나무 아래에 토비아스가 서 있었기 때문이다. 토비아스는 세 살쯤 돼 보이는 보라색 멜빵바지를 입은 곱슬머리 꼬마 여자애의 손을 꼭 잡고 있었다.

"벨라, 아이스크림은 안 돼. 곧 저녁 먹을 거야."

나는 얼어붙었다. 토비아스는 나를 보지 못한 것 같았다. 해들리가 보챘다.

"우리 왜 안 가? 델릴라 엄청 신났어. 얼른 들어가고 싶어 해!"

강아지 놀이터에 들어가고 싶은 델릴라는 뒷다리로 일어서서 헥헥거리고 있었다. 그때 토비아스와 함께 있는 꼬마가 외쳤다.

"나 저 개 쓰다듬을래!"

꼬마는 델릴라를 가리키고 있었다.

"앗!"

드디어 토비아스가 델릴라를 데리고 있는 사람을 알아봤다. 그의 목이 빨개지기 시작했다.

"밀라, 안녕."

"안녕. 쓰다듬어도 돼. 우리 개는 사람을 좋아하거든."

말하자마자 나는 자신에게 화가 치밀었다. 대체 왜 그런 말을 했을까? 멍청한 반사 작용 같은 거였다.

누군가: 와, 개 멋지네요. 쓰다듬어도 될까요?

나(자기 개가 자랑스러운 주인): 그럼요!

그러고 나서 다음처럼 자연스럽게 이어나갈 수 있었다. '토비아스, 편하게 이야기하고 있는 김에 말할게. 왜 그렇게 머저리처럼 구는 거야?' 아니면 이렇게 말하거나. '학교에서 날 놀리는 것 좀 그만둬. 난 소름 끼치게 싫거든.' 더 나아가 이렇게 말할 수도 있었다. '토비아스, 날 그냥 내버려 둬! 네 멍청한 친구들한테도 그러라고 전하고!'

하지만 나는 그중에서 아무것도 말하지 않았다. 세 가지 이유가 있었다. 첫째, 해들리가 같이 있었다. 내가 늦은 걸 엄마한테 비밀로 해 달라고 부탁했는데 이 일까지 비밀로 부탁할 수는 없었다. 둘째, 토비아스의 여동생으로 보이는 꼬마가 이미 델릴라의 귀를 쓰다듬고 있었다. 델릴라는 꼬리를 흔들며 애정을 담아 토비아스에게 기댔다. 그 바람에 토비아스도 "착하지" "얌전하네" 같은 말들을 중얼거리고 있었고, 따라서 내가 토비아스에게 소리를 지르면 분위기가 어색해질 거였다. 그리고 셋째로, 10초 뒤에 곱슬머리인 아줌마가 공원 놀이터에서 나오면서 해들리 또래의 남자애를 큰소리로 꾸짖었기 때문이다.

"샘, 엄마가 갈 시간이라고 한 번 말하면 그건 간다는 뜻이야!"

아줌마는 곧 토비아스와 꼬마, 그리고 해들리와 델릴라와 나의 존재를 알아차렸다. 아줌마는 델릴라의 머리를 쓰다듬는 꼬마의 손을 낚아챘다. 그러자 꼬마가 소리를 지르기 시작했다. 아줌마는 날카롭게 말했다.

"벨라, 낯선 개는 절대로 만지면 안 된다고 했잖아! 토비아스, 허락은 받았니?"

이 아줌마는 분명히 토비아스의 엄마였다. 그러니까 나는 이렇게 말할 수도 있었다.

'아니요, 사실 먼저 물어보진 않았어요! 그리고 또 아줌마 아들이 저한

테 물어보지 않고 행동한 일이 뭔지 아세요?'

그렇지만 토비아스의 엄마는 짜증이 나 있었고, 남의 이야기를 들을 상태가 아닌 게 분명했다. 일러 봤자 역효과만 날 것 같았다.

"괜찮아요."

나는 토비아스의 눈을 피하며 덧붙였다.

"제가 우리 개는 사람을 좋아한다고 했거든요."

"그래도, 벨라, 만지지 않는 거야."

토비아스의 엄마가 말했다.

강아지 놀이터

나와 해들리는 강아지 놀이터 옆 낡은 벤치에 앉아 델릴라가 다른 개 세 마리와 함께 낙엽 위를 신나게 뛰어다니는 모습을 지켜봤다.

'개로 산다는 건 틀림없이 멋질 거야. 저렇게 누구와도 친구가 될 수 있 잖아. 얼굴을 들이댔다가도 상대가 으르렁거리면 바로 물러나고. 모든 게 정말이지… 간단해.'

"언니, 있지."

얼마 지나지 않아 해들리가 말을 걸었다.

"쟤가 개야."

"개라니?"

"아까 말했잖아. 이가 빠진 애가 있다고."

"아, 그런데 정확히 누굴 말하는 거야? 공원에 애들이 이렇게 많잖아."

"우리가 본 애 말이야! 샘! 걔 엄마가 델릴라 안 좋아했잖아."

나는 해들리를 빤히 봤다.

"잠깐만, 뭐라고? 그러니까 방금, 우리가 입구에서 본—"

해들리는 고개를 끄덕였다.

"왜 인사 안 했어? 아는 애면서?"

"그냥."

"그렇구나."

나는 해들리의 대답이 이해가 된다는 듯 말했다.

"그러면 나이 많은 쪽이 네가 말한 못된 형이구나."

"누가 못된 형이랬어?"

내 여동생과는 대화가 아예 안 될 때가 있다.

"해들리, 여기까지 오는 내내 이야기했잖아. 샘이라는 애의 형이 동생한테 이빨 요정 안 믿을 거면 10달러 도로 내놓으라고 했다며."

"응, 그런데 그 말은 장난이었잖아."

"장난? 그게 무슨 말이야?"

"언니, 내 말 안 들었어?"

해들리는 답답하다는 듯 한숨을 쉬었다.

"샘이 자기 형한테 돈을 주려고 하니까 형이 아니라고 했다고 말 했잖아! 형이 그냥 장난친 거였어!"

"아."

나는 토비아스가 좋은 형일 수도 있다는 생각만큼은 하고 싶지 않았다. 그렇지만 어쩔 수 없었다. 여동생의 손을 잡고, 곧 저녁을 먹어야 하니 아이스크림은 먹을 수 없다고 찬찬히 설명하고, 델릴라의 귀를 쓰다듬던 모습은 정말이지 머저리가 아닌 다른 모습이었다. 그건 캘럼이 트럼펫을 불 때 보여 주는 머저리가 아닌 모습과도 비슷했다. 어쩌면 단테가 컴퓨터 앞에서 보여 줄 모습도 비슷할지 모른다.

'어쩌면 농구부 남자애들에게는 모두 머저리가 아닌 면이 있을지 모르지. 그 애들에게도 어쩌면 낯선 개를 만지면 안 된다고 가르쳐 주는 엄마가, 자꾸만 놀리고 마는 남동생이 있을지 몰라. 그런데 정도라는 게 있어. 이빨 요정이 주는 용돈을 가져갈 때는 언제 그 장난을 그만둬야 하는지 정확히 알아. 그런데 그게 나일 때는 왜 다른 걸까?'

엄마

"어디 갔었니!"

현관문을 열고 들어서자마자 엄마가 외쳤다. 엄마의 얼굴은 붉었고, 눈가는 빨갛게 부어 있었다. 울고 있었다는 걸 한눈에 알 수 있었다.

"엄마, 괜찮아요?"

"괜찮아! 그냥 회사에서 좀 속상한 일이 있었어. 신경 쓰지 마."

엄마는 코를 훌쩍거렸다.

"그렇지만 밀라, 오늘은 엄마가 운동 때문에 좀 일찍 올 거라고 말했잖아! 그런데 퇴근하고 왔더니 집은 비어 있지, 쪽지도 없지, 너희가 어디 있는지 짐작도 안 되고. 저녁으로 해동해 놓은 것도 없고."

"죄송해요. 오늘 하루 종일 여러 가지 일이 있었어요. 해들리랑 같이 강아지 놀이터에─"

해들리가 끼어들었다.

"델릴라가 거실에 똥 쌌어요! 냄새가 지독했어요. 그래서 델릴라랑 공원에서 오래 놀았어요. 공원에서 같은 반의 샘도 봤어요. 이가 빠져서 10달러 받았대요."

나는 해들리에게 눈으로 감사했다. 내가 오늘 늦은 것에 대해서는 말하지 않았다.

"어쨌든 지금은 엄마하고 같이 나가야겠다."

엄마는 콜스 백화점에서 준 플라스틱 가방에 운동복을 챙겨 넣으며 말했다.

"엄마 수업이 14분 뒤에 시작이야. 한 시간 수업이니까, 끝나고 저녁은 외식하자."

해들리가 목청을 높였다.

"엄마, 우리 저녁 주니어 제이스에서 먹으면 안 돼요? 제발, 제발, 제발이요!"

주니어 제이스에는 바닐라 쉐이크와 어니어링이 있다. 해들리는 죽을 때까지 그 두 가지만 먹어야 한다고 해도 좋다고 할 것이다. 엄마는 해들리의 뺨에 뽀뽀했다.

"그래, 우리 아기. 그러자. 그렇지만 엄마가 운동하는 동안에는 얌전히 있어야 해. 복도에서 뛰어도 안 되고, 언니 말 잘 듣고."

"잠깐만요. 저도 가야 해요? 해들리 돌보러? 엄마, 저 숙제 있어요."

"그럼 숙제도 가져가. 해들리하고 복도에 있으면 돼."

나는 폭발했다.

"너무하잖아요! 왜 제가 매일 해들리를 봐야 하는데요! 델릴라 산책시키고! 저녁 준비도 하고!"

엄마는 놀란 얼굴이었다.

"밀라, 엄마가 네 도움을 얼마나 든든하게 생각하는지 알잖아."

"알아요. 그런데 저는요?"

갑자기 눈물이 차올랐다.

"왜 아무도 제가 뭘 바라는지는 생각 안 하는데요?"

"우리 딸, 이리 와."

엄마는 팔을 벌려 나를 안고 또 눈물을 흘리기 시작했다. 나도 팔을 벌려 엄마를 안았다. 우리는 서로의 머리에 기대어 함께 울었다.

우리는 왜 울었을까? 내 이유는 말할 수 있었다. 수학 숙제 때문도 아니고, 해들리를 돌보는 것 때문도 아니다. 그런데 엄마의 이유는 짐작할 수 없었다. 회사 문제일까? 아니면 또 전화로 아빠와 싸웠을까?

해들리가 우리의 허리춤에 팔을 둘러 꽉 안았다. 우리 셋은 그렇게 1분 가까이 서로를 안았다. 엄마가 내 머리에 대고 속삭였다.

"밀라, 정말 미안해. 네 말이 맞아. 엄마가 너한테 너무 많은 걸 기대했어. 너무 심했나 봐. 네가 괜찮은지부터 물었어야 하는데."

나는 식탁에서 냅킨을 집어 엄마와 해들리에게 줬다.

"괜찮아요. 수학책 가져올게요. 엄마가 이 수업 정말로 듣고 싶어 하는 거 잘 알아요."

"듣고 싶어서가 아니야. 들어야 해서야. 요즘 몸 상태가 영 아니거든!"

해들리가 말했다.

"엄마 몸매는 아주 좋아요."

"우리 아기, 고마워. 한동안 운동을 전혀 못 했다는 말이었어."

엄마는 애써 웃음을 짓는 것처럼 보였다.

"자, 이제 가 볼까? E모션스는 걸어서도 갈 수 있지만, 끝나고 외식하러 갈 거니까 차를 가지고 가자."

내가 물었다.

"E모션스요? 새로 생긴 데 말이에요?"

엄마는 고개를 끄덕였다.

"얼마 전에 열었는데 오픈 행사를 하더라고. 처음 2주 동안은 모든 수업이 무료야. 엄마도 그래서 가려는 거고. 요즘 유행하는 운동이 다 있더라. 요가에, 힙합에, 공수도에."

'행복 좀 살게요. 안도감도 같이 넣어 주시고요. 분노를 좀 많이 뿌려 주세요.'

E모션스

시내에 도착한 다음, 우리 셋은 차를 세우고 E모션스로 걸어갔다. 엄마는 수업에 2분 늦었다. 나와 해들리는 접수대 근처에서 기다리기로 했다. 접수대라지만 접이식 철제 의자 세 개에 처음 보는 잡지들이 놓인 탁자가 전부였다. 잡지는 내 취향이 아니었다. 나는 수학책을 폈다. 그러자 해들리가 나를 쿡 찔렀다.

"언니, 나는 뭐해?"

"글쎄. 숙제할 거 가져왔어?"

나는 해들리의 분홍색 책가방을 가리켰다.

"점 잇기하고 'M' 연습하기밖에 없는데, 버스에서 다 했어."

"음, 그럼 잡지를 봐. 읽을 수 있는 단어가 있나 찾아봐."

해들리는 잡지 하나를 펼쳤다.

"그들, 간다, 그러나, 아니다, 너, 이었다, 걷는다."

해들리는 잡지를 덮었다.

"나 시-임-시-임-해."

"해들리, 방금 왔는데 어떻게 벌써 심심해!"

"저기, 잠깐만요."

작은 체격에 금발 머리를 한 여자가 막 들어오고 있었다. 여자는 형광 연두색 티셔츠 차림이었는데 무엇보다 팔 근육이 어마어마했다. 곁눈질 하지 않으려 했지만 그런 팔을 가진 여자는 처음봤다. 셔츠에는 'E모션 스! 함께 움직여요!'라고 쓰여 있었다.

"방금 누가 심심하다고 한 것 같은데?"

"내가 했어요."

해들리가 손까지 번쩍 들며 대답했다.

"여기서는 그러면 안 되겠지?"

여자는 씩 웃었다. 이가 놀라울 만큼 하얬다.

"나는 에리카라고 해. 이 센터를 운영하는 관장이야. 원래는 관리 매니 저가 있었는데, 어제 그만둬 버렸네. 여기까지 왔는데 제대로 응대하지 못해서 미안해."

'E모션스. 에리카의 E에서 딴 거구나.'

"아니에요. 저희는 응대 안 해 주셔도 돼요."

"누구에게나 환영받는 느낌을 주고 싶어서 말이야."

에리카 관장님은 우리에게 손을 내밀어 악수를 청했다. 손아귀 힘이 생 각보다 아주 셌다.

"누구랑 같이 온 거야?"

"우리 엄마요. 지금 운동하고 있어요. 요즘 몸이 달라져서요."

해들리가 대답했다. 나는 해들리를 힐끗 보며 덧붙여 말했다.

"저희는 한 시간만 있을 거예요. 조용히요. 약속할게요."

"재미있게 놀 수 있는 곳에 와서 왜 조용히 있으려고 하니? 너희 둘, 춤

추는 거 좋아해? 지금 끝내주는 수업을 하고 있는데."

해들리가 펄쩍 뛰었다. 진짜로 펄쩍 뛰었다.

"춤 좋아아아아요! 나 맨날 춤춰요!"

나는 해들리에게 말했다.

"아니, 너 안 그래."

에리카 관장님은 나에게 고갯짓을 했다.

"너는? 춤 좋아하니?"

"저요? 아니, 아니에요. 전혀요. 그리고 전 수학 숙제도 해야 해서요."

나는 수학책을 들어 보였다.

"흠, 잠깐씩 쉬면서 근육을 움직여 주면 뇌세포가 자극되던데."

그러면서 에리카 관장님은 스텝을 살짝 밟았다. 그 동작이 너무 웃겨서
나는 고개를 돌렸다.

"어쨌든 나는 그랬다고."

"알겠어요."

나는 최대한 예의 바른 목소리를 유지하며 대답했다. 에리카 관장님은
활기차게 말했다.

"좋아, 그럼 동생만 우리 힙합 수업 보고 와도 될까? 바로 저기야. 몇 분
안에 내가 다시 데려올게."

해들리는 방방 뛰며 나에게 매달렸다.

"언니, 제발? 제바아아아알?"

"네. 한 시간 있다 와도 괜찮아요."

나는 재빨리 대답했다.

경례

그 뒤로 15분 동안 나는 수학 숙제를 했다. 밤을 새워서 풀어도 못 풀 것 같은 두 문제만 빼고 다 풀었다. 수학책을 덮고 일어나서 다리 스트레칭을 했다. 그런 다음 접수대 앞을 세 바퀴 돌았다. 해들리는 힙합 교실에서 어떻게 하고 있을까?

'잘하고 있겠지, 뭐.'

문제가 있었다면 에리카 관장님이나 다른 누군가가 진작에 다시 데려왔을 거였다. 그렇지만 엄마는 내가 동생을 관장님한테 맡기는 게 아니라, 말 그대로 지켜보기를 바랐다. 그러니 가서 확인하는 편이 좋을 것 같았다.

나는 복도를 걸어가면서 각 수업에서 새어 나오는 선생님들의 목소리를 들었다.

"깊이 숨을 들이마시고⋯ 한 번 더. 좋아요. 견상 자세, 다음은 독수리 자세로⋯."

"앤 토! 앤 토! 스텝, 투, 쓰리!"

"자, 여러분, 등 근육을 쓰세요! 완벽하게, 허리 세우고!"

"얍!"

마지막 소리는 높고 얇았다. 선생님의 목소리 같지 않았다. 나는 5번 교실을 슬쩍 들여다봤다. 체격과 나이가 제각각인 애들이 스무 명쯤 모여서 나를 등지고 서 있었다. 애들이 보는 방향에는 오묘한 포도주색의 짧은 머리를 한 젊은 여자가 서 있었다. 모두 하얀색 유니폼 차림으로, 허리띠만 색깔이 달랐다. 띠는 대부분 하얀색이나 노란색이었고, 드문드문 주황색과 녹색이 보였다. 선생님인 게 분명한 젊은 여자는 까만색 띠를 하고 있었다.

선생님이 한 여자애에게 설명했다.

"그레이시 카터, 다시 해 보세요. 기합은 영혼의 외침입니다. 물러서지 마세요. 내지르듯이 외치세요."

"하지만 저는 낙법을 하고 있었는걸요."

흰색 허리띠를 한 여자애는 나보다도 어려 보였다. 그런데도 선생님은 여자애에게 정중하게 이야기했다. 이상했다.

"기합은 공격할 때 지르는 거라고 하셨잖아요."

"네, 그렇습니다. 그렇지만 소리를 지르는 건 주의를 끈다는 의미기도 해요. 사람들이 자신을 봐 주기를 바랄 때, 특히 약자의 위치에서 쓰기에 유용합니다. 소리를 지르면 공격하는 상대를 긴장시킬 수도 있죠. 꼭 '얍!'이라고 할 필요는 없어요. '하!' '야!' 또는 다른 소리도 다 좋습니다. 중요한 것은 영혼을 내지른다는 거죠. 목에서 바로 나오는 소리가 아니라, 배 속 깊은 곳에서 나오는 소리여야 합니다. 그레이시 카터, 다시 해 보죠."

여자애는 파란색 매트 위로 몸을 던지며 "얍!" 하고 외쳤다. 우렁찬 소리에 나는 움찔했다.

"아주 좋습니다!"

선생님이 여자애와 하이파이브를 했다. 여자애는 아주 환하게 웃었다. 그게 너무 드라마의 한 장면 같아서 누가 내 이름을 부르는 소리도 들리지 않았다. 그런데 주황색 허리띠를 한 여자애가 매트에서 나와 나를 향해 걸어오고 있었다. 땋은 머리를 위로 동그랗게 올려 묶은 데다 파란색 안경을 쓰고 있지 않아서, 그 애가 누군지 알아보는 데 시간이 걸렸다. 사미라였다.

"안녕? 너도 이 수업 듣는 거야?"

사미라가 물었다. 놀란 표정이었지만, 거기에는 행복도 조금 섞여 있는 것 같았다. 나는 얼굴이 빨개져서 대답했다.

"나? 아니. 우리 엄마가 여기에서 수업을 들어. 그리고 내 동생도…"

나는 힙합 교실 방향을 가리켰다. 그때 선생님이 다가왔다.

"어서 오세요. 여기 총괄 강사인 플랫입니다. 학생은…?"

"아, 아뇨. 저는 그냥 구경하고 있었어요."

"그래도 이름은 알려 줄 수 있지 않나요?"

플랫 선생님은 빙그레 웃었다.

"밀라예요."

사미라가 말했다.

"밀라, 선생님한테 경례해야 해."

'경례를?'

진심으로 하는 말일까? 나는 고개를 숙이며 배탈이 난 사람처럼 허리를 구부렸다. 그러자 플랫 선생님도 웃으며 허리를 숙였다. 음악 공연에서 하는 경례가 아니었다. 발꿈치를 모으고, 양팔을 옆구리에 붙이고, 눈은 정면을 향한 채 허리를 굽히는 경례였다.

"이름은 밀라고, 성은?"

"브레넌이요."

"밀라 브레넌, 수업을 수강하는 것도, 그냥 구경만 하는 것도 다 환영해요. 다만 이 도장 안에서는 신발을 벗어 줄래요?"

신발을? 정신없던 오늘 하루 내내 신은 운동화였다. 학교에서 집까지 오래 걸었고, 또 강아지 놀이터까지 다녀왔다. 갑자기 이 냄새나고 지저분한 운동화를 벗고 싶었다. 여기에 있으면 엄마와 해들리를 기다리는 동안 심심하지 않을 것 같았다.

나는 쭈그리고 앉아 삼중으로 묶은 너덜너덜한 운동화 끈을 풀었다. 양말은 어쩌지? 주위를 훔쳐봤다. 다들 맨발이길래 나도 양말을 벗어 운동화 안에 넣었다. 그러는 동안 내 이성이 나를 나무랐다.

'이젠 도망도 못 쳐. 정말 이게 최선이야?'

때마침 플랫 선생님이 말했다.

"전원 착석."

플랫 선생님은 나를 봤다.

"밀라 브레넌, 자리에 앉으라는 이야기였어요. 전에 공수도나 다른 격투기 종목을 배워 본 적 있어요?"

나는 고개를 저었다.

"'아니요, 사범님'이라고 대답하세요."

내가 뭐라고 부르든 무슨 상관일까? 어차피 난 수강생도 아닌데. 뺨이 달아올랐지만 하라는 대로 말했다. 그러자 플랫 선생님이 고개를 숙여 경례했다.

"밀라 브레넌, 이 수업은 정식 공수도 수업이 아닙니다. 여러 격투기 종목이 섞여 있어요. 그렇지만 공수도 용어를 섞어 쓰고 있으니까, 알아듣지 못할 때는 언제든지 질문하세요."

"감사합니다."

'그래, 나가자! 지금 당장! 예의를 지키느니 창피하다느니 하면서 계속 있을 필요 없어. 운동화 들고 도망치자!'

나는 애들이 책상다리로 앉아 있는 파란색 매트 끄트머리에 앉았다. 다들 사미라와 다른 노란 띠 여자애들이 동작을 연습하는 걸 지켜보고 있었다. 플랫 선생님은 옆에 서서 동작을 함께하며 해설자처럼 말했다.

"좋아요, 양발을 평행하게 어깨너비로, 오른발 한 걸음 물러나고, 뒤로 보낸 다리에 힘을 주고, 왼손 들어 머리 막고, 오른손 앞으로, 막은 왼손 내리고, 기합, 제자리, 반복."

플랫 선생님이 일곱 가지 기본 동작을 연습하라고 말하자, 애들은 큰 소리로 숫자를 세며 동작을 반복했다. 나는 사미라와 여자애들에게서 눈을 뗄 수 없었다. 자신에게 확신이 있어 보였고, 집중하고 있었다. 클라리넷을 연주할 때의 사미라를, 트럼펫을 연주할 때의 캘럼을 보는 기분이었다. 자라도 노래를 부를 때는 가끔 그런 느낌을 줬다. 애들이 몸을 움직이는 방식도 흥미로웠다. 머뭇거리지 않으며, 날렵하고 단호했다. 공격뿐만 아니라 방어, 마지막의 우렁찬 영혼의 외침도 마찬가지였다. 그건 아마도 이 애들의 파란 하늘일 것이다.

기본 동작을 연습하는 애들을 보며 나는 생각했다.

'너희들은 어떻게 그걸 해내는 거야? 어떤 순서로 어떻게 움직일지 잘 알잖아. 생각하지 않으면서, 아니, 생각이 아닌 걸까. 또 너희들은 누군가를 무시하지도 않고, 도망가지도 않지. 나도 언젠가는 할 수 있을까? 너희들도 나와 비슷했던 적이 있어? 아무리 애써 봐도 그려지지가 않네.'

어쩌면

주니어 제이스에 가는 내내, 그리고 거기서 저녁을 먹는 내내, 해들리는 힙합 교실 이야기를 하고 또 했다. 수업이 얼마나 재미있었는지, 자신이 얼마나, 얼마나, 얼마나, 또 가고 싶은지, 그리고 선생님이 입은 것과 같은 보라색 레깅스를 "제에발" 사 줄 수 없는지 끊임없이 물었다.

엄마는 해들리가 계속 이야기하게 뒀다. 한번 시작한 이상 말려 봐야 소용없다는 걸 알기 때문이다. 그러다 결국 엄마가 말했다.

"그래, 우리 아기, 앞으로 2주는 더 가도 돼. 그런데 오픈 행사가 끝나면 E모션스는 무료가 아니야. 엄마가 강습료를 낼 수 있으면 좋겠는데, 아직은 잘 모르겠어. 어쩌면 될 수도 있고."

해들리는 밀크셰이크를 꿀꺽 삼켰다.

"어쩌면이라는 건 어쩌면 된다는 거죠? 그렇죠?"

내가 대답했다.

"어쩌면 안 된다는 뜻이기도 해."

"그렇지만 될 수도 있는 거야! 어쩌면 되고 어쩌면 안 되는데, 될 수도 있다는 거야. 엄마, 그렇죠?"

엄마는 해들리에게 손가락으로 '쉿'이라고 말했다.

"식당에서는 조용히 말해야지. 어쩌면이 무슨 뜻이냐면… 아니, 우리 달걀도 부화하지 않았는데 닭을 세진 말자. 잘하면 엄마 월급이 좀 오를 거야. 아직 잘은 모르지만, 연봉 협상 날짜가 잡혔으니까 기대해 볼 수 있어. 월급이 오르면 생활비에도 여유가 좀 생길 거고."

"엄마, 굉장히 잘됐네요."

아무렇지 않게 말했지만 사실 나는 놀랐다. 강아지 놀이터에서 돌아왔을 때 엄마는 울고 있었고, 회사 일 때문이라고 했다. 그런데 어떻게 월급이 오른다는 건지 이해할 수 없었다. 회사 일은 괜찮은 걸까, 아니면 괜찮지 않은 걸까? 괜찮은 거라면 엄마는 왜 그렇게 속상해 했을까? 어제 거울 앞에 서서 남자애들이 내게서 뭘 보고 있는 건지 생각할 때도 이런 느낌이었다. 코앞에서 보는데도 무엇이 보이는지 여전히 알 수 없었다.

보호막

금요일 아침에 알람이 울렸을 때, 가장 먼저 눈에 띈 것은 침대 끄트머리에 차곡차곡 쌓인 옷가지였다. 엄마가 자기 옷 중에서 내가 입을 만한 것을 고른 게 분명했다. 회사용이 아니라 주말용 옷들이었다. 보풀이 있는 헐렁한 흰색 스웨터, '인생 대학'이라고 프린트된 티셔츠, 처음 보는 큰 치수의 체크 셔츠도 있었다. 빛바랜 파란색 체크 무늬 셔츠로, 옷깃에는 안 어울리는 은색 단추가 달려 있었다. 정말로 이 어른 옷을 입고 학교에 가도 괜찮을까?

나는 보풀이 일어난 흰색 스웨터를 집어 들었다. 세제 냄새와 엄마의 향수 냄새가 뒤섞여 풍겼다. 아니, 이건 아니다.

티셔츠야말로 맙소사였다. 재미있는 티셔츠는 자라만 소화할 수 있었다. 더구나 자라의 티셔츠에 프린트된 엉터리 영어는 모두 인터넷에서 유명한 유머였다. 그런데 이 티셔츠는 엄마들 개그고, 그냥 재미가 없었다.

체크 셔츠는 최악은 아니었다. 그렇지만 이틀 연속으로 체크 셔츠를? 갑자기 체크 무늬만 입는 사람으로 그래픽 전환된 것처럼 이상해 보일 것이다.

'그렇지만 뭐 어때.'

낡아 보이는 데다 어울리지 않는 단추가 달린 셔츠였지만 몸에 붙지 않아 많은 정보를 드러내지도 않았다. 엉덩이를 다 덮을 만큼 길었고, 가슴 쪽도 품이 넉넉했다. 그 두 가지 면으로 보면 사실상 완벽했다.

한편으로는 이런 생각이 들었다. 엄마가 내 마음을 아는 걸까? 나한테 보호막이 필요하다는 걸 알았을까? 엄마가 어떻게 알았는지 궁금했다. 정말로 아는 거라면.

청록색

이런 기억이 있다.

한때 나와 친구들은 모두 〈타이걸즈〉라는 애니메이션의 호랑이 캐릭터에 빠져 있었다. 애니메이션이 엄청난 인기를 끌어서 텔레비전, 옷, 책가방, 운동화마다 타이걸이 있었다. 그림책 시리즈로도 나와서 나는 그 그림책을 세 번이나 읽었다.

타이걸은 모두 여섯 명으로, 줄무늬 색깔에 따라 분홍, 보라, 파랑, 초록, 노랑, 청록으로 이름이 붙었다. 내가 좋아하는 건 청록 타이걸이었다. 공책에 온통 청록 타이걸을 그렸다가 선생님한테 혼이 나기도 했다.

내 생일은 2월 19일인데, 만난 지 1년도 넘은 아빠는 생일 선물마저 보내지 않았다. 엄마는 내가 그 일로 슬퍼하는 것도, 선물로 〈타이걸즈〉 캐릭터 상품을 받고 싶은 것도 알았다. 그래서 엄마는 내게 생일 선물로 책가방과 책, 티셔츠를 사 줬다. 모두 다 '파랑' 타이걸로.

나는 폭발했다. 어떻게 청록 타이걸이 아닐 수 있지? 매일 청록 타이걸 이야기만 했는데! 엄마는 내 이야기를 들었지만, 어쩌면 진짜로 듣고 있지는 않았을 것이다. 어쩌면 파랑 타이걸을 청록 타이걸이라고 생각했는지도 모른다.

그렇지만 나는 엄마에게 실망했다고 말하지 않았다. 엄마는 생일 선물을 사느라 돈을 많이 썼다. 아빠가 떠난 뒤로 엄마가 늘 걱정하는 돈을. 그리고 나에게는 멋진 아이디어가 있었다. 타이걸의 줄무늬를 마커로 칠해 파란색을 청록색으로 바꾸는 거였다.

실제로 그렇게 했다. 그런데 알고 보니 나는 색을 칠하는 데 소질이 없었다. 더구나 청록색 마커는 내가 이미 너무 많이 쓴 탓에 말라 있었다. 결국 티셔츠를 반밖에 칠하지 못한 채 잉크가 다 닳아 버렸고, 티셔츠는 당연하게도 처음보다 더 이상해지고 말았다. 나는 엄마에게 생일 선물을 망쳤다고 말하지 않기로 했다. 그래서 티셔츠를 돌돌 말아서 빨랫감 바구니 맨 밑바닥에 숨겼다.

며칠 뒤, 세탁기를 돌린 엄마는 온통 청록색으로 얼룩진 빨래를 보고 무척 속상해 했다.

"옷들이 다 왜 이러지? 밀라, 왜 다 파란색일까?"

"이건 사실 청록색이에요. 해들리가 세탁기에 크레파스를 넣었나 봐요."

당시 해들리는 한 살이 조금 넘은 아기였고, 엄마도 나도 그런 일은 있을 수 없다는 걸 알았다. 엄마는 나를 가만히 보고는 한숨을 쉬었다. 엄마는 더 그럴듯한 설명을 기다렸지만 나는 잠자코 입을 다물었다. 옷을 다 망친 건 속상했다. 엄마 옷과 내 옷을, 특히 생일 선물인 타이걸 티셔츠를. 그렇지만 상황을 설명하려면 엄마가 나에게 생일 선물을 잘못 사 줬다는 사실도 말해야 했다.

엄마는 아무 말 없이 빨래를 세탁기에 도로 넣었다. 그렇지만 나는 엄마가 다 안다는 걸 분명히 알 수 있었다.

행운

자라가 교실 밖에서 날 기다리고 있었다. 먼저 눈에 띈 것은 티셔츠 문구였다. 'AFTER A CLAM COMES A STORM(땅 '꿀'은 뒤에 비 온다)'. 자라는 평소 아침과는 다른 얼굴을 하고 있었다. 졸린 기운 없이 말짱해 보였다.

"이야기 좀 할 수 있어?"

나는 어깨를 으쓱했다.

"그럼."

자라는 빠르게 말을 쏟아 냈다.

"어제 점심시간 일 말인데, 사과하고 싶어. 남자애들 앞에서 네 편을 들었어야 했어."

"맞아. 너 그래야 했어."

"그렇지만 독창 경연 때문에 너무 긴장해서 제대로 생각할 수 없었단 말이야. 그냥 꼭, 꼭 농구를 해야 했어. 그런데 나중에 집에 가니까 기분이 너무 최악인 거야. 어제는 잠도 못 잤어! 밀라, 나 용서해 줄래?"

또 시작이다. 못된 말을 하고 사과한다. 더구나 농구부 남자애들 이야기는 아예 없다. 그렇지만 어떻게 자라를 용서하지 않을 수 있을까? 자라

113

는 눈을 크게 뜨며 간청하고 있었다. 말로만 하는 게 아니라 진심인 것 같았다.

"당연히 용서하지."

자라는 나를 얼싸안았고, 우리는 서로를 껴안았다. 잠시 뒤 자라는 뒤로 물러서며 내 파란 체크 셔츠를 흥미롭게 봤다.

"셔츠 귀엽다. 처음 보네. 편해 보여."

"응, 편해."

"근데 레깅스에 입으면 더 예쁠 것 같아. 아닐 수도 있고."

자라는 돌아서서 자기 교실로 향했다. 나는 문득 생각이 났다.

"자라! 어제 독창 경연은 어떻게 됐어?"

"다 찢어 버렸지!"

자라가 어깨 너머로 외쳤다.

오전은 순식간에 삭제됐다. 자라와 화해했다는 사실만으로 등의 긴장이 조금 풀렸다. 자라가 친구들 사이에서 리더는 아니지만, 리더나 마찬가지라는 것은 인정해야 했다.

농구부 남자애들은 오전 내내 단 한 번도 나를 신경 쓰이게 하지 않았다. 심지어 국어 시간에는 핑클맨 선생님이 각자 쓴 에세이를 검토할 상대로 나와 단테를 정했다. 단테는 내 에세이의 두 문단을 읽었다.

"되게 잘 썼네."

단테는 에세이를 넘겨주면서 말했다.

스페인어 시간에는 미래 시제를 활용해서 공항을 배경으로 대화해야 했다. 산체스 선생님은 리오와 대화를 나누라고 했다. 나는 어쩔 줄 몰라

했는데, 리오가 내 표정을 본 것 같았다.

"밀라, 아무 일 없을 거야."

리오의 말대로 우리는 아무 문제 없이 대화했다.

"네, 비행기는 2시 23분에 도착합니다. 아니요, 마드리드에 내리지 않겠습니다. 톨레도를 방문하겠습니다. 그리고 투우를 구경하겠습니다."

리오와 대화하며 나는 생각했다.

'어쩌면 이제 다 끝났는지 몰라. 난 오늘이야말로 진짜 행운의 셔츠를 입었는지도 몰라.'

그리고 점심시간이 됐다.

사물함

학교 식당으로 가기 전에 공책들을 사물함에 두고 가기로 했다. 오늘도 날씨가 화창하게 맑아서 걸리적거리는 짐 없이 운동장에 나가고 싶었다. 내 사물함이 있는 곳은 1층 복도의 한구석으로, 미술실 옆이다. 점심시간에는 미술 담당인 브루노 선생님이 음악을 튼다. 보통은 클래식 음악인데 오늘따라 펑크 음악 같은 게 나왔다. 선생님의 10대 시절에 유행하던 노래 같았다. 노랫소리가 하도 요란해서, 나는 어지러운 사물함에 공책을 밀어 넣으며 가사에 귀를 기울였다. 그때 네가 내 곁에 있었냐고 묻는 것 같았다.

뭔가가 느껴진 건 그때였다. 누군가의 손이 내 엉덩이를 쥐었다. 나는 그대로 홱 돌아섰다. 토비아스였다.

"뭐야, 지금?"

숨이 막힐 것 같았다.

"아무것도 아닌데."

토비아스의 눈은 둥그레져 있었다. 얼굴과 목은 타는 듯이 빨갰다.

"아무것도 아니라니! 토비아스! 방금 네 손이 여기 있었잖아!"

"아니, 아니야. 밀라, 네가 상상한 거겠지."

식은땀이 등을 타고 흘렀다. 복도에는 우리 둘뿐이었다. 무슨 일이 있었는지 아무도 보지 못했다. 틀어 놓은 노래 소리가 너무 커서 브루노 선생님에게는 이 대화가 들리지도 않았을 거였다.

넌 내 입장을 이해 못 하지
이젠 내가 할 수 있는 일이 없는 것 같아―

어쩌면 공수도에는 이런 상황에 쓸 수 있는 기술이 있을지도 모른다. 그렇지만 그게 어떤 것인지는 짐작할 수도 없었다.

'그냥 여기서 벗어나! 당장!'

나는 사물함 문을 쾅 닫고, 복도를 쏜살같이 빠져나가 운동장으로 향했다.

유치하게

농구부 남자애들이 농구 골대 아래에 일찌감치 모여서 서로에게 공을 패스하고 있었다. 토비아스를 기다리는 것 같았다. 나는 고개를 숙인 채 달려서 남자애들을 지나쳤다. 와르다크 선생님도 지나쳤다. 원래대로라면 먼저 갔어야 할 학교 식당에 들르지 않은 것은 문제도 아니었다. 속이 너무 답답했다. 어차피 뭐든 먹을 수 있을 리 없었다.

'다 어디 있는 거야? 왜 내가 필요할 땐 아무도 없는 거야?'

그 뒤로 몇 분 동안(2분? 3분? 아니, 20분이었을까?) 나는 조약돌 밭 위를 서성였다. 덜덜 떨리는 몸을 진정시키기 위해 두 팔로 나를 안아야 했다.

그때 토비아스가 농구 골대 쪽으로 다가가는 모습이 보였다. 곧 리오와 캘럼, 단테가 토비아스의 등을 치며 지르는 환호성이 들렸다. 토비아스는 그대로 서서 친구들에게 등을 내주고 있었다.

'지금 축하하는 거야? 버저 비터(농구 경기에서 버저 울림과 동시에 득점하는 것을 이르는 말)라도 성공시켰다는 거야? 그럼, 지금 토비아스가 뭘 했는지 다들 아는 거야?'

드디어 자라와 오미, 맥스가 왔다. 세 사람은 식당에서 듣고 온 시시한 농담을 이야기하며 깔깔거리고 있었다. 오미만이 나의 이상한 분위기를 단번에 알아차렸다.

"밀라, 너 괜찮아?"

"사실 별로야."

나는 단숨에 사물함 앞에서 토비아스가 무슨 짓을 했는지 다 말했다. 그러자 자라가 말했다.

"봤지? 말했잖아. 걔가 너 좋아한다고."

나는 답답해서 소리를 질렀다.

"아니야! 아니라고! 자라, 넌 지금 내 말을 못 알아듣고 있어. 나를 좋아하는 게 아니야! 토비아스만이 아니야! 그 멍청한 단테, 캘럼, 리오 다 한 통속이야. 걔들한텐 이게 다 장난이야. 내 몸에 대해 말하고, 아무도 안 볼 때 만지려고 한다고!"

자라는 뜻밖이라는 듯 놀란 얼굴로 물었다.

"리오도?"

나는 고개를 끄덕였다.

"내가 걔 생일이 언제냐고 물었던 거 기억나? 자기를 안게 하려고 날 속인 거였어. 그래서 너한테 물어봤던 거야."

"밀라, 그렇지만 리오가 왜 그러는 거야?"

"나도 모르지! 몰라!"

오미가 내 어깨를 감쌌다. 나는 자라가 뭐든 말하기를 기다렸지만 자라는 입을 다물어 버렸다. 맥스는 뒤로 물러서서 운동장의 술래 안 잡기를 보고 있었다. 어쩌면 재러드를 보고 있을지도 모른다.

나는 오미를 떼어 냈다.

"자라? 너 내 말 들었—"

"밀라, 그런데 말이야. 나는 네가 왜 농구부 남자애들이 모두 너한테 집착한다고 생각하는지 이해가 안 돼. 솔직히 말하면 좀 이상해. 우리 학년에 가슴이 나온 애가 너만 있는 건 아니잖아."

나는 입이 떡 벌어졌다.

"난 그렇게 말한 적 없어! 이건 그런 게—"

"그럼 왜 애들이 다 널 좋아한다고 말하는 건데? 리오까지?"

"자라, 그런 말이 아니라니까! 이건 나를 좋아하고 그런 게 아니야. 걔들은 나를 짜증 나게 한다고!"

맥스가 말했다.

"괴롭히는 거야."

그 말에 나는 깜짝 놀랐다. 운동장만 보고 있어서 우리 이야기를 듣고 있는 줄도 몰랐다. 게다가 어제 농구 코트에서 그렇게 사라져 버린 뒤로 맥스는 이런 대화를 감당할 수 없다고 생각했다.

"밀라, 난 네가 교감 선생님께 말씀드려야 한다고 생각해."

자라가 눈을 굴리며 말했다.

"어휴, 맥스, 누가 누구를 괴롭힌다는 거야? 이건 들이댄다는 거야. 알겠어? 유치하게 굴지 마."

'또 그 유치.'

맥스는 팔짱을 끼며 못마땅한 얼굴을 했다. 내가 말했다.

"자라, 나한테 이건 절대로 들이대는 문제가 아니야."

"확실해? 그걸 어떻게 아는데? 전에 누가 너한테 들이댄 적 있어?"

오미가 부드럽게 말했다.

"자라, 왜 그래. 그렇게 말하면 안 되지."

자라는 오미의 말을 못 들은 체했다.

"밀라, 남자애들이 널 고른 이유가 분명 있어. 걔들이 가끔 황당하고 멍청할 때가 있긴 하지만, 그렇다고 괴물은 아니잖아? 그러니까 네가 한 일을 돌이켜보면 어쩌면—"

"자라! 난 아무 짓도 안 한다니까!"

오미가 상냥하게 물었다.

"밀라, 혹시 남자애들하고 이야기해 봤어? 네가 어떤 기분인지 알려 줬어?"

"응. 수도 없이 많이. 그런데 아무 소용이 없었단 말이야!"

"뭐, 누굴 일러서 혼나게 하는 거야말로 하지 말아야 할 일이야. 그렇게 되면 남자애들은 앞으로도 계속 너를 놀릴, 아니, 네가 그걸 뭐라고 부르든지 간에 아무튼 계속 그럴 테니까."

자라는 조약돌을 주워 학교 반대 방향으로 멀리 던졌다.

"특히 교감 선생님한테는 아니지."

나는 교감 선생님의 붉은 얼굴과 의심에 찬 눈초리를 떠올렸다. 매주 월요일과 화요일 방과 후에 농구부 남자애들을 코치할 때의 모습을 생각했다.

자라가 바라는 것은 리오가 곤경에 처하지 않는 것 같았다. 설령 그게 아니더라도 이 모든 이야기를 교감 선생님에게 할 엄두가 나지 않았다.

금요일

2학년들은 금요일 방과 후에 시내를 습격한다. 금요일에는 숙제도, 방과 후 활동도, 운동부 연습도 없는 게 일종의 전통이다. 날씨만 좋으면 애들은 집에 가는 통학 버스를 타는 대신 시내의 상점가로 걸어간다. 주니어 제이스나 젤리 가게, 피자 가게에 가거나 아니면 드러그 스토어에 들러 잡다한 것들을 사기도 한다. 그렇지만 주로 하는 일은 인도를 뛰어다니거나 가끔은 도로까지 뛰어드는 거였다. 그러면 경찰들이 위험하다며 고함을 질렀다(나는 한 번도 도로로 뛰어든 적이 없지만, 그러는 애들이 많다는 건 안다).

오늘 자라와 오미는 방과 후에 새로운 네일 제품을 보러 드러그 스토어에 간다고 했다. 맥스는 치과 예약이 있다고 했지만 그게 사실인지는 잘 모르겠다. 점심시간에 내가 교감 선생님께 말하지 않겠다고 하자 맥스는 술래 안 잡기에 끼겠다며 가 버렸다. 맥스가 혼자서 간 건 이번이 처음이었다. 게다가 점심시간이 끝난 뒤에는 인사도 없이 그대로 오케스트라부 연습을 하러 갔다. 나는 궁금했다. 맥스는 교감 선생님한테 말하라는 자신의 조언을 무시당해서 화가 난 걸까? 아니면 이제 할 말을 다 한 걸까?

아니면 그저 우리하고, 아니, 나하고 더는 어울리고 싶지 않은 걸까. 이런 저런 생각으로 나는 초조했다.

자라와 오미가 드러그 스토어에 갈 거라고 했을 때 나는 곧장 집으로 갈 생각이었다. 꼭 집에 가야 하는 건 아니었다. 해들리는 친구인 타일러네 집에 갔고, 델릴라는 이웃의 피츠기번스 할아버지가 매주 금요일마다 나이 든 반려견 본즈를 산책시킬 때 함께 산책시켜 주신다. 통학 버스도 탈 수 있었다. 농구부 남자애들은 늘 금요일 시내 습격에 동참하니, 버스에서 상대할 일도 없었다.

그렇지만 맥스가 그렇게 가 버린 뒤, 나는 우리 우정의 동그라미가 흔들리는 것 같았다. 그래서 자라와 오미에게 같이 가겠다고 말했다. 다음과 같은 마음은 숨긴 채.

1. 나는 자라가 점심시간에 한 말에 여전히 화가 나 있었다. 특히 내가 남자애들이 나에게 '집착'한다고 생각한다는 대목이 걸렸다. 내가 한 일을 돌아봐야 한다고 한 것도 마음에 걸렸다. 그건 내가 남자애들에게 어떤 빌미라도 줬다는 뜻이다.
2. 나는 손톱 꾸미기에 관심이 없다.
3. 농구부 남자애들을 마주칠 확률이 높다.

아니나 다를까, 마주쳤다. 주니어 제이스 앞에서였다. 오미의 할머니가 우리를 4시에 데리러 오기로 돼 있었다. 그래서 드러그 스토어에서 15분 정도 따분하게 어슬렁거리다가 학교 주차장으로 걸어가는 길이었다. 누군가가 외쳤다.

"얘들아, 저기 밀라 간다!"

뒤에서 웃음소리와 야유가 들렸다. 일종의 환호성이었다. 또 누군가가 외쳤다.

"밀라, 어디 가? 같이 가자!"

배 속이 뒤틀리는 것 같았다.

"나 빨리 가야 할 것 같아."

자라가 내 팔을 잡았다.

"밀라, 아니야. 넌 어디서든 걷고 싶은 길을 걸을 권리가 있어. 너도 여기 살잖아."

"그래, 나도 알아, 그렇지만—"

"아니. 계속 이런 일이 생기게 두면 안 돼. 네가 나서지 않겠다면 내가 나설게."

나는 숨이 턱 막혔다.

"자라, 제발. 그냥 내가 알아서 할게."

"알아서 안 하고 있잖아."

오미도 부탁했다.

"자라, 밀라 이야기 들어. 지금 밀라가 너한테 이야기하—"

자라가 고함을 질렀다.

"나도 듣고 있어! 오미! 우리가 서로 편을 들어야지! 그게 진짜 친구잖아. 밀라, 네가 속상한 거 알아. 내가 다 정리해 줄게. 지금 당장. 잘 봐."

자라는 위풍당당하게 걸어갔다. 리오, 캘럼, 단테, 토비아스, 루이스, 대니얼은 피자 가게 벽에 기대어 서 있었다. 대니얼은 스케이트보드를(학교에 가지고 왔던 걸까?) 타고 있었고, 캘럼과 루이스는 조각 피자를 먹고 있었다. 자라는 양손을 허리에 짚고 큰 소리로 외쳤다.

"너희들! 할 말이 있으니까 잘 들어. 밀라는 너희들의 그 불쾌한 행동에 질렸어. 그러니까 나를 상대하고 싶지 않다면 그런 짓은 그만두는 게 좋을 거야. 알겠어?"

'젠장.'

남자애들은 자라를 빤히 쳐다봤다. 단테가 뭐라고 속삭이자 토비아스가 빙그레 웃었다. 리오가 짐짓 아무것도 모른다는 표정으로 물었다.

"무슨 짓을 말하는 거야?"

"모르는 척하지 마."

그러더니 자라는 갑자기 상상하지도 못한 행동을 했다. 리오를 향해 미소를 지은 것이다.

"리오, 잘 알잖아. 밀라를 계속 귀찮게 하면 내가 질투할 거야."

'뭐? 뭐라고?'

오미가 나를 잠시 보더니 곧 고개를 돌렸다.

"자라, 무슨 소리야. 우린 별 뜻 없어."

자라는 쿡 웃었다.

"어쨌든 이제는 그만둬."

리오는 어느새 자라에게서 눈을 떼고 나를 향해 손을 흔들고 있었다. 떠나는 배를 배웅하기라도 하듯 양팔을 휘둘렀다.

"밀라! 화내지 마, 우린 별 뜻 없어!"

나는 내뱉듯 외쳤다.

"그래, 잘도 그러겠다!"

루이스와 대니얼이 웃음을 터뜨렸다. 캘럼은 아무 말 없이 그대로 서서 피자만 우물거렸다.

"뭐, 좋아, 이제 그럼."

자라가 말했다. 리오가 더 대꾸하지 않는 걸 이상하게 생각했는지, 아니, 대꾸하지 않은 걸 눈치채기나 했는지 알 수 없었다.

"모두 내 말 잘 들었지? 밀라를 내버려 둬. 특히 너, 토비아스. 이런 말 또 하게 하지 마."

자라는 의기양양하게 나와 오미에게 돌아왔다.

"임무 완수."

도와준 거야

나는 자라가 감사를 바라는 것인지 칭찬을 바라는 것인지 알 수 없었다. 아마 둘 다였을 것이다.

"밀라, 봤지?"

오미의 할머니를 만나러 학교 주차장으로 가는 길에 자라가 말했다.

"별로 어렵지 않잖아? 네가 해야 했던 일은 그저一"

차마 듣고 있을 수 없었다.

"자라, 네가 무슨 일을 했다고 생각하는지는 모르겠는데, 네가 해결한 문제는 하나도 없어. 하나도."

자라는 충격받은 표정으로 나를 봤다.

"무슨 뜻이야?"

"다 네 위주였잖아. 네가 얼마나 대단한지, 얼마나 좋은 친구인지. 그러면서 날 대책 없는 어린애로 만들었어."

"뭐? 그렇게 말하는 건 좀 아니지 않아? 어제는 네 편을 안 들어서 화난 거였잖아. 그래서 난 미안했고! 그래서 이젠 네 편을一"

나도 모르게 말이 불쑥 튀어나왔다.

"네가 진짜로 신경 쓰는 건 리오잖아."

자라의 입이 떡 벌어졌다.

"뭐라고?"

"너 방금 리오한테 완전 들이댔잖아! 그리고 아직도 확실하게 모를까 봐 말하는데, 난 리오의 쓸데없는 관심이 싫어! 그 남자애들 관심 전부 다! 그리고 맞아, 나 어제 네가 내 편을 들기를 바랐어. 그렇지만 아까처럼은 아니야."

자라가 코웃음을 쳤다.

"내 들이대는 솜씨가 부족해서 미안하네."

"밀라, 자라는 좋은 친구가 되려고 했던 거야."

오미의 얼굴이 말린 꽃처럼 작아 보였다.

"그럼 내 이야기를 들었어야지."

내가 대꾸했다. 너무 화가 나서 무릎이 덜덜 떨렸다.

"그리고 내 편을 들 거면 좋아하는 애한테 들이대지 말았어야지!"

자라는 가던 길을 멈춰 섰다. 그리고는 팔짱을 끼며 큰 소리로 말했다.

"밀라, 뭐 하나 물어봐도 돼? 혹시 리오 말이 진짜라고는 생각 안 해? 다른 애들이 그냥 장난치는 거고, 네가 너무 예민한 거라고?"

"아니. 그렇지 않아."

"왜냐하면 난 네가 모든 사람을 삐딱하게 보는 것 같거든! 요즘 넌 모든 사람이 하는 모든 일이 마음에 안 들잖아!"

"내 생각에 그건 좀 과장인 것 같아."

오미의 입술이 떨리고 있었다. 얼굴은 울 것 같았다. 나는 오미가 세상에서 제일 싫어하는 게 싸움이라는 걸 알고 있었다. 하지만 자라의 매서운 검은 눈동자는 내게서 떠나지 않았다.

"밀라, 내가 정말 네가 말하는 그런 친구라면, 내가 왜 이렇게 했겠어?"

"난 모르겠어. 왜 그랬어?"

자라가 대답할 듯 입을 열었다. 그렇지만 대답하지 않기로 마음먹었는지, 홱 돌아서서 드러그 스토어로 뛰어가 버렸다.

오미의 할머니는 정확히 4시에 우리를 데리러 학교 주차장에 왔다. 그만큼 계획적인 성격이었다. 집으로 오는 내내 오미는 말이 없었다. 할머니가 지붕 수리와 저녁 메뉴와 새로 잡은 치과 약속에 대해 말하는 내내 "네" "좋아요"만 중얼거렸다. 마치 내가 해들리와 대화할 때 같았다.

드디어 차가 우리 집 앞에 도착하자 오미는 내 어깨를 다독였다.

"자라가 잘못했어. 나도 알아. 네 이야기를 잘 들어야 했고, 리오한테 그런 식으로 행동하면 안 됐어. 근데 자라는 늘 금방 발끈하잖아. 그러니 자라한테 너무 화내지 마, 알겠지?"

"왜 화내지 말라는 거야? 내가 왜 화내면 안 돼?"

"자라는 그냥 도와줄 마음이었던 것 같으니까. 그리고 솔직히 말하면 넌 지금 친구들 모두가 필요해."

통화

집에 아무도 없을 거라고 생각하며 현관문을 열었다. 있다 해도 이웃집 할아버지와의 산책에서 돌아온 델릴라 정도일 것이다. 그런데 거실에서 엄마 목소리가 들렸다. 퇴근이 너무 일렀다. 말소리로 보아 엄마는 통화 중이었다. 그리고 화가 나 있었다.

"아니, 진심이야. 그렇지만 기다리기도 지쳤어. 언제? 당신은 언제나 바쁘잖아! 알아? 이렇게 무력한 것도 지겨워. 정말로 지겨워. 당신 새로 출발한 거 알아. 잘 알고 있어. 그래도 당신 애들이잖아! 변호사한테— 그렇다면 당신한테 달렸네. 다른 건 모르겠고— 아니, 나는— 아니, 이 이야기는 끝났어. 할 말은 그것뿐이야. 끊을게. 잘 있어, 케빈."

나는 그대로 얼어붙었다. 엄마의 통화 상대는 아빠였다.

하지 말아 줘

나는 크게 외쳤다.

"나 왔어! 델릴라, 어디 있어?"

컹컹 소리도, 후다닥 달려오는 소리도 나를 반기지 않았다. 예상대로였다. 나는 거실로 갔다.

"델릴라, 거기 너─ 어? 엄마. 왜 이렇게 일찍 왔어요?"

엄마는 나를 쳐다보며 눈을 깜박거렸다. 눈과 코가 빨갰고, 얼굴은 울긋불긋했다. 출근할 때 입은 옷과 까만 구두 차림 그대로였다.

"아, 밀라구나. 들어오는 소리를 못 들었네. 친구들이랑 시내 갔다가 오미 할머니 차 타고 온 거야?"

나는 고개를 끄덕였다. 그건 내 질문에 대한 대답이 아니었다.

"재미있게 잘 놀았고?"

그건 절대로 엄마한테 대답할 수 없었다. 엄마가 저렇게 구겨 놓은 화장지 같아 보일 때는 더욱 그랬다.

"네, 아주 재미있었어요. 학교 애들이 다 거기 있는 것 같았어요. 엄만 괜찮아요?"

"사실 속이 좀 안 좋아. 그래서 오늘 오후에는 집에서 일하려고."

'그렇지만 일하고 있지 않았잖아요. 아빠하고 통화하고 있었잖아요.'

"차 한잔 타 드릴까요?"

"그래, 그러자. 카모마일 차면 좋겠네. 고마워, 우리 딸!"

나는 책가방을 내려놓고 주방에 가서 주전자에 물을 담았다. 주전자를 가스레인지에 올려놓고 1분쯤 지났을까, 핸드폰이 울리고 엄마가 통화하는 소리가 들렸다. 그렇지만 무슨 말을 하는지는 알아들을 수 없었다. 내가 못 듣게 하려는 듯, 빠르고 나직하게 말한다는 것만 알 수 있었다.

나는 머그컵에 차를 따랐다. 델릴라를 데려온 보호소에서 받은 이 컵에는 원래 '입양하세요, 사지 마세요'라고 프린트돼 있었다. 지금은 다 지워지고 '하세요' '마세요'만 남았다.

나는 밝은 목소리로 말했다.

"엄마, 차 가져왔어요."

엄마는 나에게 불안한 미소를 지어 보였다.

"바로 이게 필요했어. 고마워. 우리 밀라하고 이렇게 단둘이 있게 돼서 좋다. 델릴라도 해들리도 없고."

'정말 그래요?'

나는 숨을 들이마셨다.

"엄마, 괜찮은 거예요? 회사 일 말이에요."

엄마는 머그컵을 소파 옆 작은 탁자에 내려놓았다.

"왜 그런 걸 묻니?"

"모르겠어요. 그냥 궁금해서요. 상사가 나쁘다고 했잖아요. 어제는 울었고. 그런데 나중에 주니어 제이스에서는 월급이 인상될 거라고 하고."

"아니야, 어쩌면 인상될 거라고 했지."

엄마는 눈을 감았다.

"그리고 오늘 출근하니까 인상은 안 된대. 속상해."

"아. 그래서 좀 전에 아빠한테 전화하신 거예요? 돈을 부탁하려고?"

나도 모르게 말해 버렸다. 엄마의 얼굴에 주름이 생겼다. 아빠가 양육비를 안 보낸다는 사실을 엄마한테 대놓고 말한 건 처음이었다. 사실 우리는 아빠에 관한 이야기는 아예 하지 않는다. 엄마가 부드럽게 물었다.

"엄마 통화 소리가 들렸니?"

"네, 아까 집에 들어왔을 때요. 일부러 엿들은 건 아니었어요. 그냥 들렸어요. 죄송해요."

"그런 걸 듣게 해서 엄마가 미안하지. 그렇지만 그건 엄마가 아빠하고 해결할 문제니까 더는 이야기 안 하는 게 좋겠다. 그래도 아빠가 너희 둘을 생각하는 마음하고는 아무 관계 없어. 아빠는 지금도 너와 해들리를 무척 사랑해서."

"알겠어요."

나는 엄마의 말을 믿는 것처럼, 우리 둘 다 진실을 알지 못하는 것처럼 대답했다. 엄마는 한숨을 쉬었다.

"어쨌든 밀라, 그 문제는 엄마가 해결할 거고, 우리 세 식구는 괜찮을 거야. 그러니까 너는 걱정할 거 하나도 없어. 특히 돈 문제 같은 건 걱정하지 마. 알겠지? 이런 이야기는 해들리한테 비밀로 해 주면 좋겠고."

"무슨 이야기요?"

"알잖니. 그냥 하지 말아 줘."

우리는 서로를 마주 봤다. 엄마는 차를 한 모금 오래 마셨다.

"딩동!"

피츠기번스 할아버지의 목소리였다. 금요일마다 델릴라를 산책시켜 주시기 때문에 우리 집 현관 열쇠를 드렸는데도, 할아버지는 혹시 집에 누가 있을지 모른다고 생각하는 듯 열쇠 쓰기를 꺼려하셨다. 할아버지는 나이가 많지만 늘 정중하시다. 본즈가 현관을 엉망으로 만들까 봐 걱정된다며 현관 안까지 들어오시지도 않는다. 언제나 밖에서 "딩동!"을 외치고 우리가 나오기를 기다리신다.

엄마가 소파에서 벌떡 일어났다. 우리는 나가서 델릴라를 맞이하고 할아버지에게 감사하다고 인사했다.

"델릴라는 참 순해요. 순하고말고."

할아버지는 엄마가 드리는 20달러 지폐에 손사래를 치면서 말했다. 엄마는 늘 사례를 하려고 하고, 할아버지는 늘 거절한다. 할아버지는 본즈가 요즘 먹는다는 새로운 유기농 사료에 관해 이야기했다.

"내 맛보기를 좀 가져올 테니 델릴라도 한번 먹여 봐요."

"참 친절하세요. 그렇지만 정말로 그러실 필요 없어요."

"그냥 하는 말이 아니요. 내 선물이요. 델릴라, 다음 주에 보자!"

엄마는 할아버지에게 인사하고 현관문을 닫았다. 엄마의 눈이 촉촉해져 있었다.

"세상에는 진짜 신사들이 있는 걸 기억해야지."

브로슈어

토요일 아침, 해들리는 엄마에게 우리가 쇼핑하러 가기로 했다는 걸 잊으면 안 된다고 말했다. 나는 해들리에게 엄마가 회사에 갈 수도 있다고 말했다는 걸 잊지 말라고 했다.

"회사에는 안 갈 거야. 그렇지만 쇼핑은 다음 주로 미루자. 알겠지?"

해들리는 부루퉁한 표정으로 말했다.

"어휴! 엄마, 약속했잖아요. 나 보라색 레깅스하고 또 분홍색 패딩 조끼하고—"

"그래, 안 잊었어. 그런데 지금은 돈 쓰기에 좋은 때가 아니라서 그래."

나는 곁눈질로 엄마를 살폈다. 엄마는 엄지손톱을 잘근거리고 있었다. '돈 쓰기에 좋은 때가 아니다'라는 건 무슨 뜻일까? 엄마가 해고당하는 걸까? 그렇다고 해도 회사에는 가야 할 것이다. 엄마는 밝은 목소리로 덧붙였다.

"그렇지만 엄마한테 다른 좋은 생각이 있어. 오늘 오후에 우리 다 같이 E모션스에 갈까? 주말엔 특별 수업도 많아."

해들리의 눈이 버쩍 뜨였다.

"예이! 나는 탭댄스하고 힙합하고 써머 솔츠 할래!"

해들리는 '써머'에서 한 번 쉬고 '솔츠'를 말했다. 어딘가에 윈터 솔츠도 있을 것 같았다. 나는 눈동자를 굴리며 말했다.

"공중 돌기를 말하는 거면 '서머 솔트'야. 써머 솔트가 아니라. 그리고 거기서 서머 솔트도 가르친다고 누가 그래?"

엄마가 나섰다.

"분명히 체조 수업도 있을 거야. 브로슈어에서 찾아보자."

엄마는 배달 음식 메뉴판처럼 생긴 파란색 브로슈어를 가지고 돌아왔다. 그러고는 브로슈어를 보며 지나치게 열정적으로 감탄했다.

"다 너무 재미있겠지! 자, 해들리, 이건 어때? 매트 운동! 텀블링을 기초부터 배우는 거야."

"텀블링이 써머 솔트야?"

"서머 솔트라니까. 어쨌든, 맞아."

해들리는 방방 뛰며 외쳤다.

"그럼 그거! 해도 돼요? 엄마, 돼요?"

엄마가 웃었다.

"당연하지. 그럼 밀라, 넌 뭐 할래?"

엄마가 브로슈어를 내 쪽으로 밀어 줘서 나도 볼 수 있었다. 그런데 엄마의 손톱이 엄지뿐만 아니라 열 손가락 다 잘근잘근 씹혀 있었다. 나는 놀랐다. 엄마들의 손톱은 저렇지 않다.

"밀라, 여기서 뭐든 하고 싶은 거 없니? 아직 체험 기간이야. 다 무료로 들을 수 있어."

2주라는데 그게 무슨 의미일까? 뭐든 2주 안에는 제대로 배울 수 없다.

나는 여전히 방방 뛰고 있는 해들리를 보고, 밝아 보이려 애쓰는 엄마를 봤다. 엄마는 회사에서 있었던 일이 무엇이든 우리에게 알리고 싶어 하지 않았다. 그래서 상황은 더 심각해 보였지만. 또 엄마는, 자라의 말을 빌리면 에너지를 태울 필요가 있어 보였다.

자라의 말을 생각했더니 자연스럽게 학교와 학교 밖에서 친구들과 있었던 일들이 떠올랐다. 이상한 일을 벌인 토비아스, 시내에서 남자애들을 나무라던 자라, 그 뒤에 이어진 싸움, 점심시간에 사라진 맥스와 나에게 친구가 필요하다고 말했던 오미.

'서로 귀를 기울이지 않으면 친구가 무슨 소용일까? 귀를 기울여도 이해하지 못한다면? 나는 나를 지켜야 해. 나 혼자서.'

갑자기 답이 떠올랐다. 내 문제의 해답은 아닐지 모르지만.

"전 공수도 할래요."

스트레칭

"밀라 브레넌, 또 만나서 반갑네요."

플랫 선생님이 빙그레 웃었다. 그런데 선생님은 내가 뭔가를 하길 기다리는 눈치였다. 뭐지? 신발은 벌써 벗었다.

"아, 네, 안녕하세요. 그런데 체험 회원으로 온 거예요. 그래서 유니폼도 없고요."

"도복 말이죠."

"네, 도복이요. 띠도 없고요."

"그건 괜찮아요."

플랫 선생님은 눈을 반짝이며 여전히 꼼짝도 하지 않았다. 그러자 선생님 뒤에서 사미라가 내게 눈짓하며 입 모양으로 말했다.

'경례해야지.'

'아, 맞다.'

내가 경례하자 플랫 선생님도 나에게 경례했다.

"밀라 브레넌, 수업은 늘 스트레칭으로 시작합니다. 오늘은 사미라 스펄록과 같이 하세요. 사미라가 매트에서 시범을 보여 줄 거예요."

가슴이 철렁했다. 들어온 지 1분도 되지 않아 사미라의 지시를 따르게
됐다. 사미라는 이곳에서도 선생님의 애제자다. 선생님이 아니라 사범님
인지 뭔지 아무튼 그런 존재의 애제자.

사미라는 곧 설명을 시작했다. 벌써 2년째 여러 도장에서 공수도를 배
워서 어떻게 하는지 잘 알고 있다고 했다. 사미라는 내게 다양한 스트레
칭 자세를 보여 줬다. 앉은 자세, 무릎을 굽히는 자세, 선 자세를 보여 주
며 허벅지의 뒷면 근육과 측면 근육, 무릎을 푸는 동작이라고 설명했다.
으스대는 게 아니라 정말 제대로 가르쳐 주고 싶어 했다.

사미라를 따라 하는 내 동작을 본 플랫 선생님이 말했다.

"밀라 브레넌, 급작스럽게 움직이거나 반동을 이용하지 마세요. 부드럽
게, 천천히."

'무슨 말인지는 알겠지만 난 부드럽게 천천히 움직이는 걸 배우러 여기
에 온 게 아니에요. 그리고 계속 그렇게 성까지 붙여서 부르실 건가요? 정
말? 진짜로?'

다른 애들도 하나둘 들어왔다. 여덟 살 정도 돼 보이는 아시아계 여자
애, 내 또래처럼 보이는 빨간 머리 여자애, 목소리가 밝은 까무잡잡한 남
자애, 그리고 무서울 만큼 하얀 얼굴에 코 피어싱을 한 여자애까지.

플랫 선생님이 친근하지만 단호하게 말했다.

"데스티니 네이션. 액세서리 빼세요."

그러자 여자애가 애원했다.

"아, 제발요. 절대 문제 되지 않게 할게요."

"데스티니 네이션. 도장의 규칙을 알고 있을 테니 시간 낭비하지 마세
요. 액세서리 빼세요. 자, 이제 제이콥 초두리와 사미라 스펄록의 대련 시

범을 보겠습니다. 두 사람, 간격을 두고 준비하세요."

다른 애들은 매트에 나란히 앉았다. 나도 그대로 따라 했다. 우리는 사미라와 목소리가 밝은 남자애가 여러 동작을 반복하는 모습을 지켜봤다. 곁에서 플랫 선생님이 설명했다.

"한 발 물러서고, 두 팔은 안으로. 사미라 스필록, 공격은 늘 검지와 중지 너클로. 제이콥 초두리 쳐내어 막고, 잘했어요. 이제 공수 교대."

이어서 플랫 선생님은 두 손을 들었다.

"자, 이제 다른 학생들도 근육의 기억 능력을 단련해 봅시다. 시작!"

나머지 애들도 동작을 연습하기 시작했다. 한참을 반복했더니 나도 할 수 있었다. 아니, 거의 다 할 수 있었다. 플랫 선생님은 수업 내내 기꺼이 내 파트너가 돼 설명을 쉬지 않았다.

"팔꿈치는 45도 각도로 구부려야 합니다. 다리 뻗고, 보폭 넓혀야죠."

그런데도 나는 창피하거나 답답하거나 지적받고 있다는 느낌이 들지 않았다. 사미라가 스트레칭 파트너가 됐을 때처럼 플랫 선생님도 나를 격려했고, 내가 결국에는 내지르기를 '깔끔하고 날렵하게' 해내자 진심으로 기뻐했다. 나는 선생님의 구령에 맞춰 앞차기와 옆날차기를 연습했다. 허벅지에 근육통이 생기고 발바닥이 얼얼해질 때까지 차고, 또 찼다.

***

온몸이 땀으로 흠뻑 젖었다. 기합을 얼마나 우렁차게 내질렀는지 데스티니 네이선이(코의 피어싱은 뺀 채였다) 하이파이브를 해 오기도 했다.

수업이 끝나고, 사미라가 다가왔다.

"공수도 끝내주지 않니?"

"응. 정말 재미있어."

"밀라, 내 생각에는 이 수업이 너한테 정말 딱인 것 같아."

사미라는 잠시 머뭇거리다 덧붙였다.

"학교에서 남자애들하고 그런 일이 있으니까 하는 말이야."

나는 고개를 끄덕였다.

"맞아, 아주 좋아."

그렇지만 궁금했다.

'오늘 수업에서 배운 경례, 구령 붙이기, 댄스 스텝 밟듯 매트에서 움직이기 중에서 어떤 게 그 일과 관련 있을까? 운동장에서 퍼지던 웃음소리, 그 말들, 버스에서, 사물함 앞에서, 밴드부에서 있었던 접촉 중에서 어떤 게?'

회사 일

"밀라, 일어나 봐."

나는 일어나고 싶지 않았다. 한창 꿈을 꾸고 있었다. 재미있는 꿈은 아니었다. 뭔가에 쫓기고 길을 잃어 혼잡한 기차역을 미친 듯이 뛰어다니고 있었다. 꿈이 너무 현실 같아서 단번에 일어날 수가 없었다.

"으으… 왜요?"

엄마는 내 어깨를 부드럽게 흔들었다.

"엄마가 할 말이 있어서 그래."

나는 몸을 일으켰다. 입안이 달팽이라도 삼킨 듯 시큼하고 물컹했다.

"지금 몇 시예요?"

"8시 반."

"저 학교에 늦은 거 아니에요?"

"아니, 오늘 일요일이야. 그런데 엄마는 출근할 거야."

"잠깐만요, 네?"

머릿속이 빙빙 돌았다.

"주말에는 회사에 안 간다고 하신 줄 알았어요."

"맞아. 그런데 지금 상사가 나오래. 특별 회의가 있다고."

"일요일에요?"

나는 뻑뻑한 눈을 비볐다. 엄마는 출근하는 차림도 아니었다.

"엄마, 말도 안 돼요. 부당해요."

"그러게 말이야."

엄마는 잠시 말을 끊었다.

"피츠기번스 할아버지한테 좀 들여다봐 달라고 이야기해 뒀고, 에임스 아줌마가 헤들리 봐주러 들를 거야."

"아줌마는 안 와도 돼요. 헤들리는 제가 알아서 볼게요."

"벌써 온다고 했어. 체리시도 같이 올 거야. 엄마가 점심 전에 오게 되면 다 취소고. 아마 점심 전에 오겠지만, 확실하지 않으니까."

일의 윤곽이 천천히 드러나고 있었다.

"왜 점심 전에 오세요? 어차피 사무실까지 간 거—"

"왜냐하면 우리 딸, 엄마가 잘릴 수도 있거든."

엄마는 착잡하게 말을 이었다.

"엄마 상사가 요새 엄마한테 악감정이 있다고 했었잖니."

"이유가 뭔데요? 그건 이야기 안 하셨잖아요."

엄마는 한숨을 쉬었다.

"엄마, 저 어린애 아니에요."

엄마는 손을 뻗어 헝클어진 내 머리를 빗겨 줬다.

"우리 딸이 어리지 않은 거 알지. 그래, 지금 나가야 하니까 간단하게 말할게. 엄마가 회사 회계 장부에서 어떤 수치들이 합산되지 않은 걸 알았어. 그래서 직속 상사의 상사에게 보고했는데, 직속 상사가 그걸 알고 분개한 거야. 엄마한테."

엄마는 희미하게 미소를 지어 보였지만, 그건 미소가 아니었다.

"그렇지만 어떻게 될지 모를 일을 미리부터 걱정하진 말자. 알겠지?"

"알겠어요."

그렇지만 이쯤 되니 한 가지는 확실하게 알 수 있었다. 엄마가 걱정하지 말라고 거듭 말한다는 것은, 걱정할 일이 반드시 있다는 뜻이었다.

행복한 꿈

약 한 시간 뒤에 현관 초인종이 울렸다. 에임스 아줌마와 체리시였다. 체리시는 오른손에 수건 재질의 늘어진 노란색 토끼 인형을 들고 왼손 엄지를 빨고 있었다. 아줌마는 새빨간 립스틱을 바른 입술에, 지퍼가 주렁주렁 달린 오토바이 재킷 차림이었다.

"밀라, 안녕! 해들리는 준비 다 됐니?"

"무슨 준비요?"

말투가 분명히 내 생각만큼 예의 바르지는 않았다. 짧은 순간 에임스 아줌마가 내 행동을 교감 선생님한테 알리겠다고 으름장을 놓지 않을까 생각했다. 그렇지만 아줌마는 특유의 아주 밝은 미소를 지었다.

"날씨가 굉장히 좋거든. 그래서 공원으로 산책하러 나가려고 했지. 델릴라도 데려가고. 너도 같이 가겠다면 물론 환영이야, 밀라."

"전 괜찮아요. 숙제가 있거든요."

"또 그 '숙제'구나?"

에임스 아줌마는 나에게 윙크를 했다. 나는 못 본 척하고 해들리를 불렀다. 그러자 해들리가 현관으로 느릿느릿 걸어왔다. 다른 옷은 다 갈아

입은 와중에 아래만 여전히 낡은 분홍색 잠옷 차림이었다.

"해들리, 너 그렇게 해서는 밖에 못 나가."

"나가지 못하긴. 아무 문제 없어."

에임스 아줌마는 늘어지는 목소리로 말했다. 나는 아줌마의 오토바이 재킷을 흘깃 쳐다봤다.

"엄마는 저희가 보통 사람처럼 옷 입는 게 좋다고 하셔서요. 해들리, 너 레깅스 있잖아."

"아니! 엄마는 쇼핑 가서 뭐 사 준다고 했어. 그래 놓고 여기 없어."

아랫입술을 부루퉁하게 내밀고 목소리가 부들부들 떨리는 것으로 보아 하니 해들리는 당장이라도 울음을 터뜨릴 것 같았다. 에임스 아줌마도 같은 생각이었는지 얼른 해들리의 손을 잡았다.

"우리 귀염둥이, 엄마가 오늘 아침에는 급히 처리해야 할 중요한 일이 있대. 쇼핑은 시간 나는 대로 갈 거야. 델릴라는 어디 있니?"

"제가 가서 데려올게요."

나는 거실로 들어갔다. 델릴라는 낡은 소파에서 자고 있었다. 요즘 들어 자는 시간이 늘었다. 나는 델릴라를 감싸 안고 토스트 탄내 같은 체취를 맡으며 배를 꾹꾹 눌러 깨웠다. 델릴라는 킁킁거리며 다리를 쭉 펴더니 다시 잠이 들었다.

델릴라의 배를 눌러 깨우면서 나는 델릴라가 얼마나 운이 좋은지 생각했다. 잠에서 깨 소파 밖 세계를 마주하기 전의 짧은 순간, 델릴라는 행복한 꿈을 꾸는 것 같았다.

오미

에임스 아줌마가 해들리와 델릴라를 데리고 간 뒤에 두 가지 일이 있었다. 첫 번째는 오미가 전화나 메시지도 없이 갑자기 찾아온 거였다. 교회에서 곧장 오는 길이 틀림없었다. 하늘색 원피스에 하얀색 카디건, 발레리나 플랫 슈즈에 동그랗게 말아서 핀으로 고정한 머리까지 모두 처음 보는 차림새였다. 초등학교 2학년으로 보였다. 그것도 아주 예쁜.

"밀라, 우리 이야기 좀 할래? 우리 둘만 따로? 지금 바로?"

오미는 현관 앞에서 물었다. 숨이 턱까지 차 있는 것 같았다. 할아버지 차가 바로 정원 앞에 있는 걸 보니 여기까지 걸어왔을 리는 없었다.

"그럼. 지금 집에 아무도 없어. 델릴라도 없는걸."

"할아버지한테 말만 하고 올게."

오미는 차로 다시 뛰어가더니 열린 차창을 통해 스페인어로 뭐라고 이야기한 다음, 다시 뛰어왔다.

"나 10분밖에 못 있어. 지금 로사리오 이모 댁에 가는 길이거든."

"너희 할아버지도 들어오시는 게 어때? 차라도 대접—"

"차에서 기다리신댔어."

평소와 달리 창백한 오미의 얼굴을 보니 더 물을 수 없었다. 나는 오미를 주방으로 데리고 들어왔다.

"여기서 이야기하면 돼."

식탁은 난장판이었고 싱크대에는 접시가 쌓여 있었다. 갑자기 창피해져서 나는 얼른 덧붙였다.

"아니면 내 방으로 가도 돼. 거실도 되는데 거긴 델릴라 냄새가—"

"여기도 좋아. 밀라, 나 너한테 말할 거 있어. 아주 나쁜 소식이야."

배 속이 오그라들었다.

"뭔데?"

"방금 예배가 끝나고 헌터가 나한테 뭘 보여 줬어."

"헌터 슐츠? 맥스 괴롭힌 애?"

"응. 그런데 헌터는 이제 그런 애 아니야. 달라졌어."

"뭐, 그렇다면 그렇겠지만."

나는 미심쩍은 목소리로 대답했다. 오미는 손깍지를 꼈다.

"어쨌든 헌터가 보여 준 건 남자애들이 하는 게임 같은 거였어. 그러니까, 득점표를 보여 준 거야."

"그런데?"

입이 바짝 말랐다. 한기가 느껴졌다.

"밀라, 너를 두고 하는 게임이었어. 너하고 이야기해도 점수를 따고, 네몸이나 옷을 만져도 점수를 따고—"

오미는 양손으로 입을 막고 울기 시작했다.

"정말 미안해."

"네가 왜? 넌 아무것도 안 했는데."

나는 종이 타월을 집어 오미에게 건넸다. 충격을 받긴 했다. 그렇지만 한편으로는 전혀 놀랍지 않았다. 사물함에서 그 일이 있었을 때 남자애들이 환호하던 모습은 정말로 게임 같았다. 운동 시합 같았다.

"그 득점표라는 거 나도 볼 수 있어?"

오미는 눈물을 닦으며 고개를 저었다.

"아니. 아까 헌터한테 보내 달라고 했는데 안 된대. 누구라도 혼나게 되는 게 싫대."

"와, 정말 좋은 친구네."

"그래도 다행이야. 나한테라도 보여 줘서."

"그래."

나는 겨우 침을 삼켰다. 목에 조약돌이 걸려 있는 것 같았다.

"그럼 다른 애들도 다 아는 거야?"

"그건 잘 모르겠어. 나는 아무한테도 말 안 했어. 자라한테도 아무 말 안 했어. 네가 싫어할 것 같아서."

자라? 그렇지만 당장은 자라를 생각할 겨를이 없었다. 머릿속이 바빴다. 나는 정확히 뭘 해야 하는 걸까? 교감 선생님께 알리고 싶어도 증거가 없었다. 남자애들이 그런 게임 같은 건 없다고 잡아떼면 그만이다. 헌터는 득점표도 보내 주지 않았다. 증인 같은 걸 해 줄 리가 없다.

오미로 말하면, 오미는 아주 좋은 친구고, 어쩌면 유일하게 남은 진짜 친구일지도 모르지만, 오미가 누군가를 비난하는 일은 상상할 수 없었다. 더구나 그건 자라의 분노를 감수해야 하는 일이었다. 그 남자애들 모두와 적이 돼야 하는 건 말할 필요도 없었다.

"밀라, 내가 많이 생각해 봤는데, 너 앞으로 학교에선 절대로 혼자 있지

마. 꼭 다른 애들이랑 같이 다녀. 사물함에도 혼자 가지 말고, 늘 보는 눈이 있는 곳에—"

"어떻게 매번 그렇게 해!"

"네 말이 맞을지도 몰라. 그렇지만 그렇게 하려고 노력해야 해."

오미는 나를 감싸 안았다.

"다 곧 끝날 거야."

나는 씁쓸하게 물었다.

"그게 왜 끝나겠어?"

오미가 대답했다.

"계속 그럴 수는 없으니까."

괜찮아

그날 아침 두 번째 일은 오미가 왔다 가고 한 시간이 지난 11시 45분에 일어났다. 엄마가 현관문을 벌컥 열며 들어왔다. 장 봐온 것들을 한 아름 안은 채였다.

"해들리는?"

"에임스 아줌마가 체리시하고 같이 공원에 데리고 갔어요. 델릴라도요."

엄마는 사 온 것들을 냉장고 안에 던져 넣고, 냉장고 안에 있던 것들을 또 밖으로 빼내기 시작했다. 말 그대로 던져 넣었다. 평소처럼 하나씩 정리하는 게 아니었다.

"엄마, 괜찮아요?"

나는 시든 로메인 상추를 던지는 엄마에게 물었다. 로메인 상추는 쓰레기통에서 한참 빗나갔다.

"완벽하게 괜찮아. 그리고 엄청난 뉴스가 있지. 뭘까? 엄마 일 관뒀어!"

나는 엄마를 멍하니 쳐다봤다.

"관뒀어요? 그러니까 아까 회사에 가서 관둔 거예요?"

"그래! 하지만 우린 괜찮을 거니까, 걱정하지 마. 거기 스펀지 좀 줄래?"

나는 엄마에게 스펀지를 건넸다.

"그 상사 어차피 재수 없었잖아요."

"그래! 정말로! 엄마는 그보다는 좀 더 대우받아야 해. 우리 가족 모두 더 대우받아야 한다고!"

엄마는 싱크대를 벅벅 문지르기 시작했다. 그러면서 지금 기분이 얼마나 좋은지, 이게 얼마나 좋은 일인지 이야기했다. 엄마는 새 직장을 금방 찾을 것이며, 그 직장에는 정중하고 정직한 상사가 있을 거라고 했다. 월급도 분명 더 많을 거라고 했다.

얼마 뒤 에임스 아줌마가 해들리와 체리시와 델릴라를 데리고 돌아왔을 때, 엄마는 더 큰 목소리로 같은 이야기를 처음부터 반복했다.

"엄마?"

해들리가 마침내 엄마가 한숨 돌리는 틈을 잡았다.

"그러면 오늘 우리 쇼핑하러 가요? 나 보라색 레깅스 사요?"

엄마는 세상에서 가장 귀엽고 재미있는 이야기를 들었다는 듯 고개를 젖히며 깔깔 웃었다.

"우리 아기, 당연하지. 쇼핑 다 하면 E모션스에 가자. 저녁은 주니어 제이스에서 외식하고!"

게임

엄마는 해들리 옷뿐만 아니라 내 옷도 잔뜩 사겠다고 고집을 부렸다. 나는 엄마가 일을 그만둬서 우리 집에는 평소보다 돈이 더 없을 거라고 겁을 잔뜩 먹은 와중에도 새 옷이 생기는 게 반가웠다. 헐렁한 진보라색, 남색, 까만색 니트 스웨터 세 벌과 끼는 데 없이 잘 맞는 청바지 두 벌을 마다하지 않았다. 그렇지만 우리를 데리고 차로 돌아온 엄마가 기름값을 두고 불평하는 걸 들었을 때는 마다하는 게 맞았을지도 모르겠다는 생각이 들었다.

E모션스에 도착한 건 3시 45분이었다. 엄마가 핸드폰으로 일요일 수업 시간표를 확인한 덕분에 4시에는 엄마 수업이, 4시 15분에는 해들리의 재즈 댄스 수업이 시작한다는 걸 알고 있었다.

나는 뭐가 됐든 몸을 움직이고 싶은 기분이 아니었다. 여전히 뭔가 멍했다. 엄마가 일을 그만뒀으니 앞으로 굶게 될 것도 문제였고, 남자애들이 나를 두고 게임을 했다는 것 역시 문제였다. 솔직히 말하면 두 번째 문제가 더 컸다. 생각하면 할수록 화가 났다.

'내가 게임이라고? 나한테 부딪히면 점수를 따는 거야? 껴안는 건 5점,

엉덩이를 잡으면 25점, 이런 식으로? 나한테 말을 거는 건 몇 점인데? 내가 대답을 안 하면 1점, 아니, 대답하면 1점, 이렇게? 이 멍청한 게임을 누가 또 알까? 헌터 혼자만 아는 게 아니겠지. 어쩌면 친구들끼리 다 알 거야. 어쩌면 2학년 애들 모두가 알 거야. 아무것도 모른다는 표정을 짓던 라이나 브룩이나 다른 여자애들까지 모두 다.'

아침 식사

월요일 아침은 이상했다. 보통은 엄마가 식사 시간 내내 우리에게 서둘러서 식사를 마치고 학교에 가라고 재촉한다. 그런 엄마가 오늘은 잠옷 차림으로 꾸벅꾸벅 졸았다. 해들리를 버스 정류장까지 데려다주고 나도 학교에 태워다 줘야 했는데도 그랬다. 나는 시리얼에 저지방 우유를 부으며 물었다.

"오늘은 뭐 하실 거예요?"

엄마는 하품하며 대답했다.

"아직 잘 모르겠는데. 일을 새로 찾아봐야겠지."

'그러려면 얼른 정신을 차려야 하는 거 아니에요? 옷은 좀 더… 갖춰 입고?'

해들리가 말했다.

"엄마, 엄마도 보라색 레깅스 사요. 그러면 나하고 쌍둥이 될 거예요."

엄마는 미소 지었다.

"그거 재미있겠다. 그래, 레깅스 이야기가 나온 김에, 오늘 학교 끝나고 E모션스 간 사람?"

"저요오오!"

"밀라, 너는 어쩔래?"

나는 어깨를 으쓱했다.

"좋아요. 그런데 엄마, 엄마는 지금 할 일이…"

엄마가 눈썹을 치켰다.

"엄마는 지금 뭐?"

'일자리 찾아야 해요. 운동 같은 거에 시간 낭비하지 말고요.'

엄마는 내 마음을 읽었는지 이렇게 대답했다.

"밀라, 혹시 네가 궁금해 할까 봐 이야기할게. 이따 오전 중으로 구직 문의 전화를 돌릴 거야. 될 만한 데가 몇 군데 있고. E모션스에 가면 스트레스가 풀려. 그렇다고 엄마가 특별히 스트레스를 받는다는 이야기는 아니야. 일반적으로 그렇다는 뜻이야."

"알겠어요."

엄마는 커피를 마셨다.

"그러니까 학교 끝나고 늦지 마. '숙제' 이런 거 없는 거야. 알겠지?"

나는 대답하지 않았다. 대신 옆에서 시리얼을 하나씩 집어 먹고 있는 해들리를 살폈다. 전에 늦은 걸 비밀로 한다고 약속했으면서 엄마한테 이른 걸까? 아니면 에임스 아줌마일까? 분명히 아줌마일 것 같았다.

어느 쪽이든 이따 방과 후에, 어쩌면 엄마가 다른 직장을 구할 때까지 계속 통학 버스를 타야 한다는 생각에 속이 체한 듯 답답해졌다.

사과

"밀라, 안녕. 스웨터 멋지다."

자라가 말했다. 교실 앞에서 나를 기다리고 있던 게 분명했다. 자라의 루틴에서 심술궂은 타이밍 다음에 나오는 사과 타이밍인 걸까?

잠깐만, 언제 심술궂었지?

나는 머릿속의 스크롤을 금요일의 말싸움 현장으로 올렸다. 자라의 말과 행동에 화가 머리끝까지 났지만, 솔직히 말해서 자라는 대놓고 못된 말이나 행동은 하지 않았다.

자라의 티셔츠에 눈이 갔다. 'FEEL ENJOY'라는 문구 아래에는 팔다리가 달린 마시멜로가 웃고 있었다.

"고마워. 어제 엄마하고 쇼핑 다녀왔어."

"보라색 잘 어울린다. 그건 그렇고."

자라는 머뭇거리다가 미소를 지었다. 그제야 나는 자라가 내 사과를 기다린다는 것을 깨달았다. 말도 안 되는 일이었다. 나는 아무 잘못도 하지 않았다. 반면 자라는 설령 심술궂게 행동하지 않았다 해도 남자애들에 대한 내 반감을 무시했다. 리오에게 들이댔으며(그건 지금도 믿기지 않는

157

다), 확실한 건 아니지만 상황을 더 나쁘게 만들었다. 그렇지만 오미의 말이 맞다는 건 인정해야 했다. 나에게는 친구가 필요했다. 남자애들이 그 득점표를 돌려 보는 지금은 특히 더 그랬다.

나는 불쑥 말했다.

"금요일엔 미안했어. 너한테 그렇게 말하면 안 되는 거였는데. 그냥 내 편을 들려고 했던 거 알아."

"에이, 밀라, 넌 그냥 속이 좀 상했던 거야. 괜찮아."

자라는 나를 꼭 안았다. 나는 자라가 '나도 미안해'라고 말하기를 기다렸다. 하지만 그런 말은 나오지 않았다.

그렇게 깨달았다. 자라에게 득점표 이야기는 할 수 없었다.

보면대

언제나 다른 사람과 같이 다니라는 오미의 말이 맞다는 걸 알고 있었지만, 실제로 그렇게 할 수는 없었다. 누가 득점표를 봤는지, 누가 다른 일들을 목격했는지, 누가 다 알면서도 모르는 척하는지 알지 못하는 상황에서 같은 반 애들이 나를 지켜 줄 거라고 믿을 수는 없었다. 더구나 끊임없이 누군가의 곁을 찾으며 함께 걸으려고 애쓰는 건 숨는 것처럼 느껴졌다. 나를 숨긴다는 건 내가 잘못한 일이 있다는 것 같았다. 하지만 그런 일은 분명히 없었다. 그래서 점심시간 외에 나는 거의 혼자 있었다. 혼자 조용히, 조심스럽게, 경계를 늦추지 않았다.

별일은 없었다. 그리고 밴드부 연습 시간이 됐다.

**

리오가 연습실의 내 자리에 앉아 캘럼, 단테와 이야기하고 있었다.

"저기."

세 사람 모두 내 말을 못 들은 척했다. 나는 다시 한번 말했다. 그러자 리오가 고개를 들었다. 리오의 앞머리가 아마도 자라가 좋아할 것 같은 느낌으로 쏟아져 내렸다.

"왜?"

"왜 불렀는지 알잖아. 여긴 내 자리야. 곧 연습 시작하니까 보면대 세우고 준비해야 해."

리오가 뭐라고 중얼거리자 캘럼과 단테가 웃음을 터뜨렸다. 리오는 색소폰 열의 자기 자리로 갔고, 단테도 자기 자리에 앉았다. 그렇게 주변이 정리된다 싶었는데 캘럼이 말을 걸었다.

"밀라, 보면대 말인데, 오늘은 네 걸 같이 써야겠어. 악보를 집에 두고 왔거든. 너랑 같이 볼게."

'혹시'라든가, '너만 괜찮으면'이라든가, '부탁할게' 따위는 없었다. 나는 이를 꽉 깨물며 대답했다.

"그럴 일은 없을 것 같아."

캘럼은 놀란 것 같았다.

"왜 없어?"

"난 너하고 악보를 같이 보고 싶지 않거든."

캘럼은 눈이 휘둥그레졌다.

"정말? 밀라, 너무한데. 난 트럼펫 리더야. 오늘은 내 독주 파트를 연습할 거고. 네가 날 골탕 먹이면 펜더 선생님이 좋아하지 않으실걸."

뒤에서 단테가 말했다.

"밴드부원들도 다 싫어할 거야."

뜨거운 열이 머리끝까지 오르는 것 같았다. 소리를 지르고 싶었지만 누구에게도 이 대화를 들려주고 싶지 않았다. 나는 분노를 실어 속삭였다.

"아, 그래? 캘럼, 혹시 나하고 보면대를 같이 쓰면 몇 점이야? 1점? 아니, 2점?"

"무슨 소리를 하는 거야?"

캘럼이 목소리를 낮추지 않고 말했다. 일상 대화하듯이 말하는 바람에 애들에게 다 들렸다. 그게 더 화가 났다. 나는 나직이 말했다.

"모르는 척하지 마. 너희들 그 멍청한 득점표 가지고 있잖아. 다 알고 있어. 됐어?"

캘럼은 크게 웃었다. 크게, 웃었다.

"왜 이래. 그거 아무것도 아니야. 그냥 게임이야, 밀라."

그때 펜더 선생님이 헐레벌떡 들어왔다.

"미안. 많이 늦었어. 자, 〈해적 메들리〉 두 번째 악절부터 마지막 열 번째까지 쭉 해 보자. 사미라, 이번에는 클라리넷을 우아하고 부드럽게 가자. 트롬본들, 박자 흔들리지 말고. 캘럼, 독주 파트 시작하면 일어서고. 자, 준비됐지? 자세 바로잡고, 가슴 활짝 펴고, 자, 원 앤 투—"

'그거 아무것도 아니야. 그냥 게임이야.'

캘럼이 일어서서 첫 음을 불었다. 도 음이 우렁찼다. 너무 우렁차서 내 뼈들을 진동하게 했다. 마치 내 몸 전체를 침범하는 것 같았다. 나는 앞일은 생각하지 않고 보면대를 걷어찼다. 〈해적 메들리〉가 공중으로 떠올랐다.

우물

애들이 줄지어 밴드부 연습실에서 빠져나간 뒤, 펜더 선생님은 나를 돌아 봤다. 목소리는 심각했지만, 가시가 돋지는 않았다.

"밀라, 대체 무슨 일이지? 요즘 계속 딴생각을 하는 것 같던데. 지난주 에는 단테하고 그러더니 오늘은 또—"

"정말 죄송해요! 발이 미끄러졌어요."

"아니, 네 발은 안 미끄러졌어. 선생님이 보고 있었어. 보면대, 일부러 찼잖아."

쿵. 깊은 우물에 떨어진 기분이었다. 나는 간신히 대답했다.

"앞으로는 이런 일 없을 거예요."

펜더 선생님은 숨어 있는 힌트를 찾을 때의 엄마 눈빛으로 나를 바라 봤다.

"밀라, 뭐 하나 물어봐도 될까?"

펜더 선생님이 진지하게 물었다. 수업 중의 말투가 전혀 아니었다.

"괜찮은 거니? 집에서 말이야."

나는 너무 놀라서 고개만 겨우 끄덕였다.

"애들은 감당해야 할 집안 문제가 생기면 혼자 알아서 하려고 해. 가족이 아프거나 부모님이 이혼하거나 할 때 말이야."

펜더 선생님의 회색 눈은 크고 부드러웠다.

"그렇지만 결국은 터져 나오지. 보통은 학교에서."

"저희 가족은 괜찮아요. 다 아주 잘 지내고 있어요."

'솔직히 말하면 아빠의 경우는 그냥 짐작이에요. 그렇지만 엄마는 괜찮아요. 실직한 사람치고는.'

"친구들하고도 사이좋고?"

"네, 그럼요."

'자라하고 계속 싸우고 있는 것만 빼면요. 그리고 맥스가 거리를 두려고 하는 것도요.'

펜더 선생님은 한숨을 쉬며 길고 우아한 손가락으로 이마를 문질렀다.

"그래, 이렇게 하고 싶지는 않지만. 밀라, 진작부터 네 행동에 관해 이야기하려고 했던 것도 있어서. 이제 네 자리를 바꿔야겠어."

'내 자리를?'

나를 뒤로 보낸다는 뜻이었다. 뒷줄에 앉은 애들은 방학 동안에 과외를 받을 생각이 없고, 집에서도 전혀 연습하지 않으며, 추가 연습에 일찍 오는 경우도 전혀 없다. 트럼펫을 불 때 열리는 파란 하늘의 소리도 들어 본 적이 없을 것이다. 나는 펜더 선생님에게 사정했다.

"안 돼요. 선생님, 그럴 필요는 없어요! 제발요!"

"내 생각에는 그럴 필요가 있는 것 같아."

펜더 선생님의 생각을 알아도 내가 나아질 것은 없었다.

"널 캘럼 다음으로 앉힌 건 현재로선 캘럼이 가장 뛰어나기 때문이야.

그렇지만 너에게 리더 자리에 앉을 잠재력이 있다고 생각했어. 내가 잘못 본 게 아니라면. 밀라, 내가 널 잘못 본 거니?"

펜더 선생님은 다시 한번 내 얼굴을 찬찬히 뜯어보며 힌트를 찾았다. 그렇지만 나는 목에 걸린 수치심이 너무 뜨거워서 아무 대답도 할 수 없었다.

변화

그 뒤로 학교에 있는 내내 배 속이 꾸르륵거렸다. 펜더 선생님한테 들은 말도 있고, 또 집에 갈 때 통학 버스를 타야 한다는 사실 때문이었다. 그렇지만 2시 35분에 하교 종이 울렸을 때 단 하나 기쁜 사실이 기억났다. 오늘은 월요일이었고, 농구부 남자애들이 교감 선생님의 코치로 늦게까지 연습하는 날이었다. 즉, 집에 가는 길에 그 애들을 상대하지 않아도 된다는 뜻이다! 휴우.

나는 창가 좌석에 앉아 그날 오후 들어 처음으로 평소처럼 숨을 쉬었다. 내 앞자리에는 사미라가 애너벨과 함께 앉아 있었다. 언제나처럼 나를 모른 척할 거라고 생각했는데, 오늘은 달랐다. 애너벨이 물었다.

"밀라, 아까 밴드부 연습 때 왜 그런 거야? 왜 캘럼 보면대를 그렇게 찼어?"

"캘럼 보면대 아니야. 내 거였어. 아무튼 요즘 걔가 너무 열 받게 해서."

애너벨은 눈동자를 굴렸다.

"알아. 걔는 자기가 무슨 스타인 줄 알아. 트럼펫을 잘 불긴 하지. 그래도 그렇지."

사미라가 나를 보며 씩 웃었다.

"어쨌든 아주 깨끗하고 날렵하게 찼어. 목표 적중."

나도 씩 웃었다.

"고마워."

"오늘 공수도 수업 올 거야?"

"아마도."

"왜 아마도야?"

"복잡해. 우리 엄마 문제로."

사미라는 고개를 끄덕였다. 누구나 자기 엄마하고 문제가 있다.

"그렇지만 너 공수도 좋아하는 거지? 네가 좋아한다고 이야기한 것 같은데."

나는 어깨를 으쓱했다.

"재미는 있어. 그런데."

"그런데 뭐?"

"무슨 쓸모가 있는지는 잘 모르겠어."

사미라의 눈이 안경 뒤에서 번득 빛났다.

"진심으로 하는 말이야? 공수도를 하면 강해져. 기분도 좋아지고."

"맞는 말 같아."

"밀라, 너 지금껏 도장에 두 번 왔어. 두 번 가지고 변화를 기대하면 안 되지!"

사미라의 말이 맞다. 두 번은 아무것도 아니다. 2주 역시 크게 다르지 않을 것이다.

'나는 변화를 느끼고 싶은 걸까? 어디에서? 나 자신에게서?'

체험 기간

엄마의 일자리 찾기에 뭔가 진전이 있었는지는 모르지만, 학교에서 돌아온 나에게 엄마는 아무 말도 하지 않았다. 최소한 멍해 보이지 않았고, 속상해 보이지도 않았다. 단지 해들리와 내가 돌아오기를 안절부절못하며 기다린 것 같았다. 그래야 E모션스에 가서 윗몸 일으키기든 스트레칭이든 거기서 하는 운동을 할 수 있었다.

엄마는 운동화 끈을 묶으며 물었다.

"너희들은 옷 안 갈아입니? 새 옷에 땀이 배면 안 좋을 텐데."

해들리가 엄마한테 매달렸다.

"엄마, 난 절대 땀 안 날 거예요."

내가 말했다.

"그럴 거면 운동을 왜 해."

그렇지만 해들리는 고집을 꺾지 않았고 엄마의 재즈 댄스 수업은 12분 뒤여서, 나는 낡은 티셔츠에 엉덩이가 끼는 오래된 요가 바지로 갈아입었다. 우리 세 사람은 차에 올랐다.

"밀라, 해들리, 안녕."

에리카 관장님이 접수대에서 특유의 새하얀 웃음을 지으며 우리를 반겼다.

"이쪽은 어머니시겠네?"

에리카 관장님은 엄마에게 손을 내밀어 악수를 청했다. 그러자 엄마가 고개를 살짝 숙이며 웃었다. 수줍어하는 엄마가 재미있었다.

"에이미예요."

"에이미 씨, 온 가족이 우리 스포츠 센터에 오신 걸 환영해요! 들을 수업을 정하시는 대로 수업료를 안내드리고 회원 가입을 진행해드릴게요. 체험 기간이 곧 끝나죠?"

에리카 관장님은 그때처럼 몸을 실룩샐룩 움직였다. 그때는 춤 동작이라고 생각했는데, 어쩌면 이건 관장님이 '감정'을 공유하는 방식인지도 모르겠다.

엄마는 눈을 깜박거렸다.

"네. 그런데 아직 한 주 남았어요."

"마음껏 활용하세요! 등록할 준비가 되면 절 찾아 주시고요. 늘 이 접수대 근처에 있을 거예요. 원래 관리 매니저가 있었는데, 지금은 저 혼자다 한답니다!"

"네, 꼭 그럴게요. 고마워요."

나는 곁눈으로 엄마를 살폈다. 엄마는 정말로 등록할 생각일까? 그럴 생각처럼 보였지만, 말도 안 되는 일이었다. 특히 직장이 없을 때는 더더욱 말도 안 된다.

나는 엄마의 괜히 해 보는 말을 잘 구별했었다. 그런데 요즘에는 잘 모르겠다.

자기 방어

공수도 교실에서는 사미라가 발차기 연습용 킥패드 더미 뒤에서 플랫 선생님에게 뭔가를 이야기하고 있었다. 나는 별생각 없이 자리에 앉았다.

곧 수업이 시작됐다. 플랫 선생님이 말했다.

"오늘은 평소하고 다른 걸 해 보겠습니다. 정규 수련 대신 자기 방어 전략을 연습할 겁니다. 현실적으로 생각해 보면 도장 밖에서 불시에 공격을 받을 때는 매트도 없고, 도복 차림도 아니고, 또 옆에서 조언해 줄 수 있는 저도 없으니까요."

사미라는 나와 좀 떨어진 곳에서 코 피어싱을 미리 뺀 데스티니와 앉아 있었다. 사미라와 눈이 마주치는 순간 알 수 있었다. 사미라는 플랫 선생님에게 농구부 남자애들 이야기를 했다. 재미있는 점은, 그게 전혀 창피하지 않았다는 것이다. 나는 사미라에게 조금도 화가 나지 않았다.

"자, 모두 일어서세요. 오늘은 공수도 용어를 안 쓸 거고, 또 성을 빼고 이름으로만 부르겠습니다. 상황을 만들어 볼까? 데스티니, 너는 지금 길을 걷고 있어. 잠자코 네 갈 길을 가고 있는데 느닷없이 누가 차에서 고개를 내밀더니 네 옷차림을 두고 불쾌한 말을 하는 거야. 어떻게 할래?"

데스티니는 코웃음을 쳤다.

"저기요, 내 옷에 대해 당신이 어떻게 생각하는지 내가 물어봤어요? 내 옷은 아주 괜찮아요. 안 그랬으면 입지도 않았을 테니까. 알겠어요? 그리고 미안한데 말이죠, 차에 타고 있는데 뭐가 보이기나 해요?"

"좋아, 그만."

플랫 선생님은 가볍게 미소 지었다.

"데스티니, 먼저 말이 너무 길어. 그리고 '저기요'나 '미안한데' 같은 표현은 쓰지 마. 질문으로 말을 끝내지도 말고. 자기 방어 규칙 하나. '공격한 사람에게 인정받으려 하지 않는다.' 자신을 방어하면서 사과하는 일은 절대로 없어야 해. 다시 해 보자. 사미라, 네가 수학 시험을 망쳤어. 그런데 같은 반 애가 너한테 멍청이라고 해."

사미라가 큰 소리로 말했다.

"난 멍청하지 않아. 너와 더는 이야기하지 않는 걸로 그걸 증명할게."

"좋아. 엮이는 걸 거절했다는 점에서 아주 잘했어. 그렇지만 팔짱은 끼지 마. 그건 유약함을 표현하니까. 자신감 있어 보이려면 여유 있는 태도로 무표정하게 있는 게 좋아. 손바닥을 펴서 앞으로 보이게 하거나 손을 허리에 얹으면 서로가 대립하고 있다는 느낌을 주지. 상황에 따라서는 대립이 필요할 때도 있어. 그리고 또 하나, 상대와 대화하지 않겠다고 굳이 알려 줄 필요 없어. 그냥 안 하면 돼. 말로 하는 대응은 짧을수록 좋아."

제이콥이 물었다.

"기합을 지르는 건요?"

데스티니가 대신 대답했다.

"제이콥, 아니야. 도장 밖에서는 안 돼. 다른 애들이 이상하게 볼 테니까."

플랫 선생님이 동의했다.

"그럴 수 있어. 그렇지만 기합에 관해서 선생님이 뭐라고 했는지 떠올려 봐. 기합은 영혼의 외침이야. 그러니까 다양한 말로 바꿀 수 있지. 지금은 '야!'라고 외치는 것으로 해 보자. 더불어 기합은 눈에도 서려 있어야 해."

플랫 선생님은 "야!"라고 외친 뒤 우리를 매섭게 노려봤다. 눈에서 레이저가 나오는 것 같아서 모두 웃음을 터트릴 수밖에 없었다. 사미라가 말했다.

"그렇지만 선생님, 무표정하게 있는 편이 좋다고 하셨잖아요."

"무표정이어야 할 때도 있고 아닐 때도 있어. 자신의 감정을 다스리고 싶다면 무표정이 좋고, 공격을 받은 경우라면 눈빛으로 우위를 차지하는 게 좋아. 다음은 밀라 네 차례야. 준비됐지?"

나는 고개를 끄덕였다. 플랫 선생님의 눈빛과 내 눈빛이 마주쳤다.

"어떤 기분 나쁜 녀석이 너한테 요가 바지를 입으니까 섹시하다고 해."

제이콥이 외쳤다.

"뭐라고요?"

옆에서 누군가 말했다.

"제이콥, 선생님이 진짜로 하는 말이 아니잖아."

플랫 선생님은 담담하게 대답했다.

"잘 했어, 그레이시. 자, 밀라? 이 기분 나쁜 녀석이 널 칭찬한 걸까? 아니면 말로 공격한 걸까? 어떻게 생각하지?"

"말로 공격한 게 아닐까요?"

"나한테 묻지 마. 네 감을 믿으라고! 어떤 기분 나쁜 녀석이 네 몸에 관해 이야기했어. 그 말이 네가 느끼기에는 공격이야?"

"네. 공격이에요."

"그래서? 기분 나쁜 말을 또 듣기 전에 대답해야지. '밀라, 그 쿠키 몬스터 티 입으니까 몸매 좋아 보인다.' 이건 어떻지?"

제이콥이 허리를 꺾으며 웃었다.

"밀라, 너 쿠키 몬스터 티 가지고 있어?"

나는 단호하게 받아쳤다.

"아니, 없어. 제이콥, 지금 그 이야기가 아니야."

"그러면? 밀라, 대답은?"

플랫 선생님은 내 얼굴에서 시선을 떼지 않은 채 물었다.

"음, 그 자리에서 벗어날까요?"

"지금 물어보는 거야? 질문은 안 된다고 했어."

"죄송해요."

"사과하지 말고!"

"네. 그럼 그 자리에서 벗어날게요."

나는 한 걸음 물러섰다.

"알았어. 그런데 물러나지 마. 오히려 그런 말을 한 녀석에게 한 걸음 다 가가. 네 영역을 녀석에게 넘기지 않겠다는 의지를 보여 주는 거야. 절대 로 네 영역을 넘기지 마. 눈에 기합 넣고. 밀라, 직접 해 봐."

나는 험악한 눈빛으로 플랫 선생님에게 한 걸음 다가섰다.

"좋아. 그렇다면 이제 '야!'라고 외쳐 봐. 목에서 나오는 소리가 아니라 배 속 깊은 곳에서 끌어올린 소리여야 해. 새된 소리나 쉿소리 내지 말고! 단호하고, 권위가 있는 목소리로! 눈에 기합 넣는 거 잊지 말고."

나는 한 발자국 더 내디디며 외쳤다.

"야!"

그리고 최대한 단호한 눈빛으로 쏘아봤다.

"잘했어!"

플랫 선생님은 나에게 하이파이브를 했다.

"자, 이제 다 같이 열 번씩 반복하자. 시작!"

우리는 연습에 들어갔다. 목소리를 크게 내는 건 기분이 좋았다. 파란 하늘만큼 좋았다. 플랫 선생님은 우리를 보며 활짝 웃었다.

"다들 잘하고 있어! 집에서도 연습하는 게 좋겠지? 선생님의 추천은 거울 앞에서 하는 거야."

그러자 데스티니가 나섰다.

"그런데 오늘 연습은 모두 언어 폭력에 관한 거잖아요. 혹시 상대방이 물리적으로 공격해 오면 어떻게 해요?"

플랫 선생님은 숨을 깊이 들이마셨다.

"맞아. 중요하니까, 귀담아들을 것! 가장 먼저 말하고 싶은 건 『손자병법』에 나오는 방법이야. '싸우지 않고 이기는 것이 가장 좋은 것이다.' 무슨 말인지 알지? 싸우지 않는 건 상대방과 힘이나 체격에서 차이가 있을 때 특히 유효해. 그러니 물리적인 공격으로부터 나를 방어해야 하는 상황에 놓이면 데이지의 전략을 써. 데이지는 선생님이 키우는 고양이야."

그레이시가 감탄했다.

"고양이 이름이 너무 귀여워요. 데이지라니!"

데스티니가 참지 못하고 물었다.

"선생님 고양이가 어떻게 하는데요?"

"데이지는 동물 병원에 갈 낌새를 느끼면 침대 밑으로 들어가서 납작 엎드려. 이렇게."

플랫 선생님은 사다리에서 떨어지는 사람처럼 팔다리를 사방으로 뻗으며 매트 위에 엎어졌다.

"이렇게 하면 정말로 데이지를 움직일 수가 없어. 나를 무척 열 받게 만들지만, 효과는 상당하지. 그러니까 물리적인 공격을 받게 된다면 몸을 최대한 바닥으로 낮추는 거야. 납작하고 무겁게."

데스티니가 미심쩍은 표정으로 물었다.

"그게 다예요?"

"아니. 데이지는 기괴한 소리를 내며 시끄럽게 울기도 해. 멀리서도 들릴걸?"

"선생님, 그러니까 저희한테 '야옹야옹' 하라고 말씀하시는 거예요? 맞서 싸울 게 아니라?"

사미라가 이의를 제기했다.

"고양이한테 발톱이 왜 있는데요? 맞서 싸우라고 있는 거 아니에요?"

"맞아."

데스티니가 사미라를 향해 고개를 끄덕였다. 플랫 선생님은 매트에서 몸을 일으켰다.

"어쩔 수 없지. 대신 집에 가서 선생님이 싸움질 가르쳤다고 말하면 안 돼. 그랬다간 내가 해고될 테니까."

플랫 선생님은 잠시 말을 멈췄다.

"극단적인 상황에 부딪혔을 때는, 정말로 아무런 선택지도 없는 상황에서는 공격하는 상대의 정강이를 발 옆날로 차는 거야. 이 방법은 상대의

뼈를 부러뜨리거나 크게 다치게 만드는 일이 거의 없지. 그렇지만 상대의 균형을 무너뜨려. 기습은 놀랄 만큼 유용해."

제이콥이 플랫 선생님을 졸랐다.

"선생님, 지금 실습해 보면 안 돼요?"

사미라가 대꾸했다.

"지금 하면 기습이 될 수 없잖아."

플랫 선생님은 손뼉을 짝! 짝! 짝! 치고 말했다.

"그렇더라도 우리 근육에 익혀 두는 게 중요해. 자, 정렬! 연습해 보자."

연습

그날 저녁은 집에서 먹었다. 나는 이야기를 멈출 수 없었다. 공수도가 얼마나 대단한지, 플랫 선생님은 얼마나 멋진지, 선생님의 고양이 데이지는 동물 병원에 안 가기 위해 어떤 필살기를 쓰는지에 대해 이야기했다. 수업은 체험 기간인 2주 동안만이라는 걸 잘 알고 있지만 어떻게든 E모션스에 등록할 수 있게 된다면 꼭 공수도 수업을 듣겠다고도 했다.

엄마는 묵묵히 저녁을 먹었다. 문득 내가 선을 넘었다는 생각이 들었다.

"너무 비싸서 못 하는 거 알아요. 만약 말이에요."

엄마는 냅킨으로 입가를 훔쳤다.

"좋아하는 걸 찾았다니 엄마도 좋아. 자신에 대해 아는 건 좋은 거야."

해들리가 말했다.

"엄마, 나는 춤을 진짜 좋아해요."

"우리 아기, 엄마도 알지."

엄마의 눈은 피곤해 보였다.

'나는 왜 공수도 이야기를 꺼낸 거지? 등록할 돈이 없어서 엄마가 속상해 하잖아.'

나는 재빨리 말했다.

"설거지 제가 할게요."

"괜찮아, 우리 딸. 엄마가 할 거야. 넌 숙제도 있고 트럼펫도 연습해야 하잖아."

"아, 맞다. 트럼펫."

트럼펫의 특징은 소리가 정말 우렁차다는 것이다. 연습하는 소리가 엄마에게 들릴 정도다. 이 말은 즉, 연습 안 하는 소리도 들린다는 거다. 엄마에게 모든 상황을 설명하고 싶은 게 아니라면("이제 연습해 봐야 소용없어요. 뒷줄로 밀렸거든요. 정말 부당한 이유로요. 심지어 제 잘못도 아니었어요.") 악보를 펴고 〈해적 메들리〉를 연습해야 했다. 게다가 〈해적 메들리〉를 연습하지 않는다는 건 플랫 선생님이 말했던 대로… 영역을 넘기는 행위다. 물러서서 패배를 인정하고 캘럼에게 이렇게 말하는 거였다.

"그래, 네가 이겼어. 난 포기할래."

하지만 나는 포기할 준비가 돼 있지 않았다. 내 자리가 어디인지는 상관없었다.

그날 저녁, 나는 메들리의 중간 부분을 입술이 블루베리색으로 변할 때까지 연습했다. 연습이 끝날 무렵에는 파란 하늘이 펼쳐졌다. 그러고 나서 내 방 거울 앞에서 플랫 선생님에게 배운 자기 방어 전략을 연습했다. 나는 공격하는 상대를 쏘아보며 한 걸음 나섰다.

야!

야!

야!

학교 식당

화요일에는 비가 왔다. 나무가 흔들릴 정도로 비바람이 몰아쳐서 점심시간에 밖으로 나가는 게 금지됐다. 나와 친구들은 20분 동안 학교 식당에서 생선 살이 들어간 타코와 페퍼로니 피자를 먹었다. 헌터 패거리들이 옆자리에서 핸드폰으로 슈퍼히어로 게임을 하며 서로에게 고래고래 소리를 질렀다.

결국 자라가 일어섰다.

"여기엔 1초도 더 못 있겠어. 난 합창부 연습실에 갈래. 같이 갈 사람?"

맥스가 핸드폰을 쳐다보며 대답했다.

"난 됐어."

"나 갈래."

오미가 대답과 동시에 나를 봤다.

"밀라, 너도 가자. 갈 거지?"

오미는 불안해서 나를 혼자 두고 싶지 않은 게 분명했다. 자라에게, 아무에게도 득점표에 관해 말하지 않은 것 같았다. 고마웠다. 오미가 나를 지켜봐 주는 것도 고마웠다. 그렇지만 두 사람을 따라 합창부 연습실에?

사양이다. 가서 할 일이 없었다. 두 사람이 음계 연습을 하는 동안 돌봄을 받는 아기처럼 얌전히 기다려야 한다. 차라리 학교 식당에 남아서 타코나 먹는 게 나을 것 같았다.

"둘이 가. 난 아직 요거트도 남았고."

나는 일부러 그렇게 말했다. 합창부의 골드스타인 선생님은 연습실에 음식물을 가지고 들어오면 불같이 화를 냈다.

자라가 말했다.

"오미, 가자. 여기 계속 있다가는 머리가 터져 버리고 말 거야."

"밀라, 너 정말 괜찮겠어?"

"그럼. 이따가 봐."

나는 요거트를 한 입 떠서 아직 먹고 있다는 걸 보여 줬다. 오미는 자라와 함께 일어서며 나를 흘깃 살폈다. 나는 괜찮다는 걸 보여 주려고 손을 흔들었다.

이제는 맥스와 단둘이었다. 맥스는 여전히 핸드폰에 뭔가를 입력하며 웃고 있었다. 다시 입력하고, 또 웃었다. 나는 크게 헛기침했다.

"흠흠."

맥스가 고개를 들었다.

"왜?"

"맥스, 너 지금 날 없는 사람 취급하고 있어."

"아, 미안! 그냥 재러드하고 이야기하고 있었어."

"둘이 문자로 이야기하고 있다고? 지금 여기서?"

맥스는 얼굴을 붉히며 고개를 끄덕였다.

"응. 재러드는 저쪽 창가에서 리아나랑 점심 먹고 있어."

"말도 안 돼! 그냥 가서 이야기하면 되잖아."

"모르겠어."

"뭘?"

맥스의 얼굴이 더 붉어졌다.

"재러드가 그렇게 하고 싶은지. 전학 오기 전에 학교에서 계속 놀림당했대."

"맥스! 그냥 가서 옆자리에 앉아! 겁먹지 말고! 너희 둘 벌써 친해진 거 아니었어?"

맥스는 어깨를 으쓱했다.

"친구지. 그렇지만 학교 식당이잖아. 애들이 다 보고 있고…."

"아직도 헌터가 걱정되는 건 아니지? 이젠 널 귀찮게 안 하잖아. 그리고 오미가 그러는데, 걔 달라졌대."

"어쩌면."

맥스는 생각해 보는 듯한 표정으로 아랫입술을 잘근거렸다.

"밀라, 좋아. 옆에 가서 이야기할래."

맥스는 자리에서 일어나 재러드 옆자리에 가서 앉았다. 두 사람은 곧 웃으며 이야기했다.

나는 친구를 위해 미소지었다. 그렇지만 이제야말로 완전히 혼자였다.

독주

그렇지만 곧 기가 막힌 아이디어가 떠올랐다. 밴드부 연습이 시작되기 전에 먼저 연습실에 가는 계획이었다.

나는 전날 밤에 〈해적 메들리〉를 정말 미친 듯이 연습했다. 까다로운 중간 부분을 아무도 없는 연습실에서 혼자 연주하고 있다 보면 펜더 선생님이 그걸 듣고 내 자리를 뒤로 옮긴 것을 다시 생각할 수도 있었다.

'밀라, 한 번만 더 기회를 줄게. 넌 음악에 재능이 있고, 열심히 연습하는 것도 보이니까. 그렇지만 또 싸웠다가는―'

그럼 나는 캘럼만큼 진지한 음악가의 얼굴로 이렇게 말할 것이다.

'선생님, 그런 일은 다신 없을 거예요.'

그렇지만 현실은 달랐다. 펜더 선생님은 자리에 없었다.

'그냥 가야겠다.'

그런데 플랫 선생님의 목소리가 머릿속을 맴돌았다.

'앞으로 나서. 절대로 네 영역을 넘기지 마.'

맥스에게는 용감하게 나서라고 했으면서 나는 이렇게 겁쟁이처럼 도망쳐도 될까? 게다가 책상에 화려한 텀블러가 놓여 있는 것으로 보아하니 펜더 선생님은 곧 돌아올 것 같았다.

나는 트럼펫을 케이스에서 꺼내 잘 닦은 다음 음계 연습을 시작했다. 천천히, 최대한 길게 불었다.

"어? 밀라잖아."

움찔하지 말아야 했는데 움찔했다. 문 쪽에서 캘럼의 목소리가 들렸다. 나는 캘럼의 목소리를 무시하고 계속 트럼펫을 불었다. 그렇지만 손에 땀이 맺히기 시작했고 호흡이 흔들렸다.

"밀라, 밀라."

캘럼은 나를 향해 다가오고 있었다. 더는 못 들은 척할 수 없었다.

"왜?"

나는 어깨 너머로 말했다. 캘럼은 이제 내 바로 앞줄에 서 있었다.

"너 연주 그만해야겠어. 나 펜더 선생님하고 독주 부분 연습할 거야."

"선생님 아직 안 오셨잖아."

"아직은. 그런데 곧 오실 거야."

"그럼 선생님 오시면 그만할게. 괜찮지?"

'물어보지 마! 네 영역을 넘기지 말라고!'

나는 다시 트럼펫을 불기 시작했다. 최대한 우렁차게 불었다.

"밀. 라."

캘럼이 무릎으로 의자를 밀치며 성큼 다가왔다. 점심으로 페퍼로니 피자를 먹었는지 냄새가 풍겼다.

"말을 왜 못 알아들어! 나 선생님 오시기 전에 먼저 손 풀어야 해. 아직도 이해가 안 돼?"

캘럼의 눈에서 처음 보는 뭔가가 보였다. 패닉에 가까웠다. 캘럼이 내 팔을 낚아챘다. 나는 비명을 지르며 팔을 뿌리쳤다.

"아!"

그리고는 캘럼의 정강이를 옆으로 냅다 찼다. 캘럼이 나동그라졌다. 의자 두 개와 보면대 세 개가 와르르 쓰러졌다.

트로피

교감 선생님은 책상 너머에서 우리를 뚫어지게 쳐다봤다. 작은 눈은 까맸고 불그레한 뺨은 숨이 죽은 쿠션처럼 푹 들어가 있었다. 가까이에서 보는 교감 선생님은 그간 알던 것보다 더 늙고, 지쳐 보였다.

"무슨 일인지 설명해야겠지? 사실 지금 굉장히 놀랐다. 너희 둘 모두에게."

캘럼은 어깨를 둥글게 말았다.

"아무 일 없었어요. 그냥 요즘 사사건건 예민한 밀라가 폭주한 거예요. 아무 이유 없이!"

"거짓말하지 마. 너도 그걸 알잖아."

"알겠다. 밀라, 그럼 너한테 듣자. 왜 캘럼을 발로 찼지?"

"자기 방어였어요."

"말도 안 되는 소리. 난 아무 짓도 안 했는데!"

"했어! 했잖아! 내 팔을 잡았잖아!"

"보셨죠? 너 또 과잉 반응이야."

교감 선생님은 불그레한 두 손을 맞잡아 세웠다.

"속사정이 있는 게 분명한데. 요즘 둘 사이에 무슨 일이 있었지?"

"아무 일도 없었어요."

우리가 동시에 말했다. 우습다면 우스운 상황이었다.

"아무 일도 없었다?"

교감 선생님은 우리가 한 말을 반복했다. 우리가 하는 말을 안 믿는 게 분명했다.

나는 손목을 꼬집었다. 지금이 교감 선생님에게 다 말할 기회였다. 나를 안았던 것, 통학 버스에서 있었던 일, 내 엉덩이에 닿았던 토비아스의 손, 스웨터, 득점표 게임 모두 다—

그런데 그때 교감 선생님 책장 맨 윗단에 놓인 작은 은색 트로피가 눈에 들어왔다. 주니어 농구 리그 2위 트로피였다. 캘럼이 속한 팀이 받은 거였다. 리오, 단테, 토비아스 모두 한 팀이었고 그 팀의 코치는 교감 선생님이었다.

진실을 말한다 해도, 하나도 빼지 않고 세세하게 다 말한다 해도 교감 선생님은 내 말보다 남자애들의 말에 더 귀 기울일 거였다. 내 친구들이 몇 가지 사건을 보기는 했지만 다 본 것은 아니었다. 나에게는 증거가 없었다. 그 득점표도 내가 직접 본 것은 아니었다. 더구나 내가 교감 선생님에게 한 이야기가 알려지면(물론 어떻게든 알려질 것이다) 소문은 끝없이 퍼지고 놀림도 이어질 것이다. 게다가 내 몸에 관한 이야기를 교감 선생님에게…? 아니, 상상할 수조차 없다.

나는 대답했다.

"저희는 그냥 사이가 좋지 않아요."

"그걸로는 설명이 안 되는데."

교감 선생님은 의자 등받이로 물러나 앉으며 팔짱을 꼈다.

"그리고 캘럼이 네 팔을 잡았더라도 다리를 걸어찬 건 잘못이야. 그건 문제를 해결하는 방식이 아니야."

"과잉 반응이에요."

캘럼은 내 눈길을 외면하며 한 번 더 말했다.

자제력

그 뒤로 다섯 가지 일이 벌어졌다. 나는 캘럼에게 발차기를 한 벌로 사흘 간 방과 후에 남게 됐고, 따라서 수요일부터는 공수도 수업에 갈 수 없었다. 무료 체험 기간이 다음 주 목요일에 만료되니 공수도는 이제 끝인 셈이었다. 내 팔을 잡았던 캘럼은 하루만 방과 후에 남았다. 그리고 우리 둘 다 주말까지 운동장 출입 금지 처분을 받았다.

교감 선생님은 규칙을 정했다. 캘럼과 나는 교실에서 수업을 들을 때를 제외하고는 서로에게 6미터 이내로 접근할 수 없다. 교감 선생님은 우리가 주머니에 줄자 같은 거라도 가지고 다니기를 바라는 모양이었다. 만약 실제로 그렇다 하더라도 줄자가 필요한 사람은 내가 아니었다. 가까이 오거나, 부딪혀 오거나, 어딘가를 잡는 사람은 내가 아니기 때문이다.

수요일에는 엄마가 학교에 왔다. 행실 문제로 엄마가 학교에 호출당하는 건 내 인생에서 처음 있는 일이었기 때문에 온종일 속이 쓰라렸다. 특히 엄마한테 학교에 남는다는 걸 말하지 않아서 더욱 그랬다. 교감 선생님이 말할 게 분명했다.

학교에 남아 있던 나를 태우러 온 엄마는 주차장에 차를 대고 시동을 껐다.

"밀라, 그 녀석이 네 팔을 잡을 권리는 없어. 그래도 말로 했어야지. 학교에서 애들을 발로 차면 안 돼! 크게 다치기라도 하면 어쩌려고."

엄마는 한숨을 쉬었다.

"어쩌면 공수도 수업에 빠진 게 잘된 일인지도 모르겠다."

"아니에요! 아니라고요! 캘럼을 찬 건 공수도 선생님 잘못이 아니에요! 선생님은 싸우지 말라고 했어요! 너무 화가 나서 제가 까먹은 거예요!"

"밀라, 그런 걸 잊으면 어떡하니? 특히 학교에선 자제력이 굉장히 중요해. 말로 하는 게 언제나 최선이야."

왜인지 모르겠지만 이런 말이 불쑥 나왔다.

"아빠하고도 그랬어요?"

엄마는 나를 빤히 쳐다봤다.

"뭐라고?"

"며칠 전에 아빠하고 통화했을 때요. 엄마는 아빠한테 말로 이겼어요?"

말을 하자마자 잘못했다는 걸 알았다. 부적절했고, 버릇없는 말이었다. 내가 왜 그랬을까? 어쩌면 자라 말이 맞는지도 몰랐다. 요즘 나는 매사에 너무 빡빡하게 굴었다. 어쩌면 아빠처럼 되는 중인지도 모르겠다. 언제나 틀린 말만 하고, 모두에게 상처를 준다. 특히 엄마에게.

나는 곧바로 말했다.

"죄송해요."

엄마는 얼굴을 찌푸리며, 날이 선 목소리로 말했다.

"밀라, 앞으로 그 이야기는 꺼내지 말자."

집으로 오는 내내 엄마는 아무 말도 하지 않았다.

안도

이 일은 벌어지지 않았다.

나는 밴드부에서 쫓겨나지 않았다. 분명히 쫓겨날 줄 알았다. 어쩌면 펜더 선생님은 내가 트럼펫 열에서 뒷줄로 밀려나고 방과 후에 남는 것으로 충분히 벌을 받았다고 생각했을지 모른다. 그렇지만 한편으로는 선생님이 내 문제를 크게 만들면 애제자 3순위인 캘럼에게도 벌을 줘야 한다고 계산했을 것 같다는 생각이 들었다. 밴드부 공연이 코앞이니, 선생님은 캘럼이 집중할 수 있도록 관리해야 했다. 그리고 밴드부에서 〈해적 메들리〉의 중간 악절을 연주할 수 있는 건 나 하나뿐이기도 했다. 선생님은 뒷줄의 내가 필요했고, 내 생각에는 선생님도 그걸 알고 있었다.

문제

그 주가 끝날 때까지, 나는 학교에 있는 내내 등 뒤의 남자애들을 확인했다. 너무 가까이 걷지는 않는지, 너무 가까이 앉아 있지는 않은지, 핸드폰에 대고 속삭이거나 웃지는 않는지, 더 나쁘게는 큰 소리로 비꼬지 않는지 확인했다. 몇 번인가는 "닌자 워리어"라는 소리를 들었다. 한번은 단테가 "어, 발차기 고수!"라고 말했고, 나는 돌아보지도 않았는데 남자애들이 요란하게 웃었다. 축구선수나 강철 발가락, 옆차기 같은 말도 들었다.

"그냥 무시해."

사미라가 말했다. 목요일 수학 시간에 나와 짝이 돼 도형 문제를 풀고 있을 때였다.

"쟤들은 진짜 옆차기는 알지도 못할걸. 그런데 공수도 수업은 언제부터 다시 나올 거야?"

나는 어깨를 으쓱했다.

"이번 주는 못 가. 학교 끝나고 남아야 해서."

"응. 들었어. 그럼 다음 주는?"

"모르겠어."

"왜 몰라?"

사미라는 자기 차례 문제의 답을 쓰고 문제지를 내 쪽으로 밀었다. 나는 한숨을 쉬었다.

"말하기 복잡해."

"밀라, 왜 이래, 복잡할 게 뭐가 있다고."

최근 들어서 나는 내 모든 것이 노출된 느낌이었다. 마치 맨몸으로 교내를 돌아다니는 것 같았다. 그래서 제일 친한 친구에게도 말하지 않은 비밀을 사미라한테 이야기하는 게 이상하지 않았다. 나는 목소리를 낮춰서 말했다.

"무료 체험이 일주일밖에 안 남았거든. 엄마가 실직해서 그 뒤로는 못 다녀."

사미라는 천천히 고개를 끄덕였다.

"너희 엄마가 관장님한테 이야기해 봐야겠다."

"이야기하면? 그래도 수강료는 내야 할 거야."

"관장님은 되게 좋은 사람이야. 너희 엄마가 가서 사정을 설명하면—"

"사미라. 우리 엄마는 그런 거 안 해. 부끄러움을 많이 타서."

"그래? 그럼 네가 관장님한테 이야기해."

"내가?"

"사미라, 밀라, 문제 다 풀었나?"

교실을 돌던 피셔 선생님이 엄격한 목소리로 물었다.

"저는 풀었고 밀라는 아직이요."

사미라는 파란색 안경으로 나를 힐끗 보고 대답했다.

득점표

그 주에 좋았던 일은 오미와 자라가 학교 식당 안에서 매일 점심을 나와 함께 먹어 준 것뿐이었다. 나는 두 사람 모두 운동장에 나가고 싶을 거라는 걸 잘 알고 있어서, 내가 벌을 받는다고 굳이 안에 같이 있을 필요는 없다고 했다. 그러자 자라가 말했다.

"밀라, 미쳤니? 우리가 왜 나가서 신나게 놀겠어? 이렇게 너하고 안에 갇혀 있을 수 있는데. 아유, 생선 냄새."

"소독제 냄새도 말해야지."

오미가 웃으며 거들었다.

"그리고 브로콜리 냄새도. 으으, 그게 최악이야."

맥스는 수요일과 목요일 점심은 재러드와 같이 먹었고, 나는 그게 조금 섭섭했다. 그렇지만 금요일 점심시간에는 재러드를 데리고 우리 자리로 왔다. 재러드와 실제로 이야기하는 건 처음이었는데, 좋은 애 같았다. 누군가가 농담을 하면 잘 웃었고, 오미에게 작문 시간에 쓴 글이 좋았다고 칭찬했다. 자신은 오보에를 연주하는데, 오케스트라부에서 밴드부로 바꿀 거라고도 했다. 나는 잠시 행복했다. 우리 우정의 동그라미가 흔들리

192

는 줄 알고 걱정했는데, 사실은 성장한 것 같았다. 재러드가 난데없이 그 말을 꺼내기 전까지는 그랬다.

"밀라, 그런데 그 득점표는 정말 너무했더라."

오미와 눈이 마주쳤다. 나는 온몸이 달아올랐다가 다시 식었다.

'젠장.'

자라가 물었다.

"득점표라니? 무슨 이야기야?"

재러드는 당황스러운 표정으로 맥스를 쳐다봤다.

"난 네가 친구들한테 다 이야기한 줄 알고—"

"아니야."

맥스의 파란 눈동자는 재러드에게 많은 이야기를 하고 있었다.

"모두에게 다 이야기한 건 아니야."

"아, 어떡하지."

자라가 다시 물었다.

"무슨 득점표냐니까? 얘들아, 내가 모르는 이야기가 있어?"

나는 스위스 치즈 샌드위치를 내려놓고 목소리가 최대한 새어나가지 않도록 식탁 위로 몸을 구부렸다.

"자라, 남자애들이 하는 멍청한 게임이 있어. 핸드폰으로 하는 거야. 나를 두고 하는."

자라는 얼굴을 찌푸렸다.

"그게 무슨 게임인데?"

맥스가 대답했다.

"진짜 게임이 아니야. 실제로 있는 게임도 아니고."

자라의 목소리가 높아졌다.

"진짜 게임이 아니면, 그럼 뭔데?"

나는 자포자기하는 심정으로 말했다.

"나도 실제로 본 적은 없어. 듣기만 한 거야. 확실한 건 나하고 접촉하면 점수를 따는 방식이야."

"그 '접촉'이라는 게 무슨 뜻이야?"

"그런 거 있잖아. 건드리는 거. 잡는 거."

맥스가 덧붙였다.

"밀라의 몸에 관해서 이야기하는 것도 포함이야. 역겨워."

오미는 무릎만 처다보고 있었다. 자라가 그걸 눈치채지 못할 리 없었다. 자라는 나를 봤다가 다시 오미를 봤다.

"그런데 왜 나한테는 말하지 않았어?"

나는 대답하지 않았다. 오미가 중얼거리듯 대답했다.

"밀라가 그냥 비밀로 하고 싶어 해서."

자라의 목소리가 떨렸다.

"비밀? 어떻게 그게 비밀이야? 나 빼고 다 아는데?"

나는 재빨리 말했다.

"아는 건 아마 그 남자애들뿐일 거야. 기껏해야 한두 명 정도 더 알 거고. 그리고 자라, 너한테 상처 줄 생각 없었어. 너무 당황스럽잖아. 그런데 가끔 너는—"

"어떤데? 내가 어떤데?"

"얘들아, 제발 여기서 이러지 마."

오미는 엄지로 옆자리를 가리켰다. 앤슬리, 리아나와 다른 여자애들이 앉아 있었다. 아마도 엿듣고 있을 것이다. 그렇지만 나는 말해야 했다. 안 그랬다가는 폭발할 것 같았다.

"넌 늘 네 위주잖아. 넌 네가 좋은 친구라고 생각해. 진심으로 그래. 그러면서 내내 네 느낌, 네 의견을 말하지. 다른 사람은 안중에도 없어. 그리고 솔직히 말하면, 지금도 넌 그러고 있어!"

오미가 불쑥 덧붙였다.

"자라, 사실이야. 진짜로 밀라를 생각하지는 않잖아."

자라의 눈이 튀어나올 것 같았다. 입은 빨대로 음료수를 마시듯 동그랗게 오므려져 있었다.

"그래? 알았어. 밀라, 넌 비밀을 털어놓을 만큼 날 믿지 않아. 그건 확실해. 나한테 상처 주지 않으려고 했다면, 이미 틀렸어."

자라는 그대로 자리에서 일어나서 나가 버렸다. 오미는 나를 살피고 곧 자라를 따라 나갔다.

'또 시작이야. 우정의 동그라미. 부풀다가 찌그러지고, 다시 부풀다가 찌그러지고, 조약돌로 만든 일회성 동그라미 같아. 계속 흩어지잖아.'

맥스가 말했다.

"밀라, 교감 선생님께 말씀드려야 해."

나는 어깨를 으쓱했다. 그 이야기를 다시 시작하고 싶지는 않았다. 설령 그것이 맥스마저 나한테 화를 내게 만든다고 해도 지금은 아니었다.

맥스는 재러드에게 눈짓했다. 그러자 재러드가 말했다.

"밀라, 정말 미안해."

"네 잘못이 아니야."

나는 한숨을 쉬었다.

아이스크림

금요일 오후, 나의 방과 후 남기가 끝났다. 엄마는 주차장에서 기다리고 있다가 내가 차에 타자 몸을 숙여 내 뺨에 뽀뽀했다.

"우리 딸, 이번 주 힘들었을 거야. 그렇지만 이제 다 끝났어! 우리 시내에 가서 아이스크림 먹고 갈까?"

나는 점심시간에 자라와 싸운 뒤로 더는 샌드위치를 먹지 못했다. 배가 무척 고팠다.

"네! 가요! 고마워요, 엄마! 엄마도 먹을 거죠?"

엄마는 빙그레 웃으며 말했다.

"좋아, 우리 딸이 그렇게 말한다면야. 엄마는 프로즌 요거트로 할까."

엄마는 라디오를 켜고 시내로 향했다.

방과 후에 남다 보니 내 머릿속 달력이 감을 완전히 잃었던 것 같다. 나는 금요일의 전통이 시내에서 벌어지고 있을 거라는 사실을 까맣게 잊고 있었다. 그래서 피자 가게 앞에서 자라와 오미를 봤을 때, 배를 한 대 정통으로 맞은 것 같았다. 둘은 앤슬리, 대니얼, 루이스 등 다른 애들과 어울려 웃고 떠들고 있었다. 몇몇은 엄마와 내가 지나가는 방향으로 등을 돌리고 있었다. 그중에서 두 사람은 분명하게 알아볼 수 있었다. 리오와 캘럼이었다. 가장 친한 친구들이 가장 최악의 적과 어울리고 있었다. 일부러 약속을 정한 게 아니라고 해도 자라와 오미가 어떻게 나한테 이럴 수 있을까? 둘이 같이 있다는 건 자라가 점심시간에 내 편을 든 오미와 화해했다는 뜻이기도 했다. 나한테는 여전히 화가 났을 것이다. 그렇다면 오미는 왜 아무 일도 없었다는 듯 저기 있는 걸까?

나는 엄마에게 매달렸다.

"엄마, 그냥 집으로 가요. 제발요."

엄마는 나를 돌아봤다.

"정말? 슈가콘에 쿠키도우 더블 스쿱을 마다한다고? 스프링클도 뿌려 줄 텐데? 갑자기 왜 그래?"

"아무것도 아니에요."

엄마는 라디오를 껐다.

"우리 딸, 먹겠다던 아이스크림을 아무 이유 없이 갑자기 안 먹는 사람은 없어. 무슨 일이야?"

"엄마, 그냥 너무 피곤해서 집으로 가고 싶어요. 제발요, 제발 그냥—"

"아니야, 엄마한테 이야기해야 해. 너, 친구들하고 사이 괜찮은 거야?"

이건 엄마가 어떤 식으로든 늘 하는 질문이다. 그리고 나는 늘 피한다. 그렇지만 어쩌면 이번이 대답할 때인지도 몰랐다.

"모르겠어요. 그냥 친구들하고 사이가 다 자꾸 엉망이 돼요. 괜찮아졌다고 생각하면 또 엉망이고, 계속 그렇게 반복돼요."

나는 엄마가 정말로 대답하기 곤란한 질문을 퍼부을 거라고 생각했다. '자라가 못되게 구니?' '오미가 잘난 척해?' 그렇지만 엄마의 다음 질문은 나를 놀라게 했다.

"우리 딸, 친구들한테 이야기해 봤어? 친구들이 네 마음을 알고 있니?"

"그런 것 같아요. 아니, 그러니까…"

"처음에는 누구나 잘 듣지 못해. 아니, 듣긴 하는데 귀를 기울이진 않는 거지. 몇 번을 더 이야기할지는 너한테 달린 거야."

"같은 말을 하고 또 해도 상대가 절대로 귀를 기울이지 않으면 어떻게 해요?"

남자애들 이야기로 흐르고 싶지 않았는데 어느새 그러고 있었다.

"그렇다면 그 애들의 언어로 말하는 법을 배워야지."

엄마는 손을 뻗어 내 뺨을 어루만지며 덧붙였다.

"옆차기는 날리지 말고."

산책

토요일 같지 않은 토요일이었다. 엄마는 종일 컴퓨터 앞에 앉아 여기저기에 이력서를 보냈다. 비가 오고 있어서 해들리는 만화 보는 걸 허락받았고, 덕분에 나는 숙제를 마치고 트럼펫 연습을 할 수 있었다. 저녁 즈음에는 〈해적 메들리〉의 마지막 부분을 거의 완벽하게 소화해 냈다. 기분이 좋았다. 내 연주가 뒷줄로 밀려나 안 들린다고 해도 상관없었다.

한 번인가 두 번은 자라에게 문자를 보내려고 했다. 학교 식당에서 한 말을 사과하며 '득점표 이야기 안 해서 미안해'라든가 '전부 다 털어놓지 않아서 미안해' 이렇게 보내려다가 그만뒀다. 플랫 선생님의 목소리가 귀에 맴돌았다.

'네 감을 믿어.'

만약 자라를 어떻게 대해야 할지 묻는다면, 내 감은 이렇게 대답할 것이다.

'밀라, 미쳤어? 이걸 묻는다고? 자라한테 의지할 수 없는 거 알잖아.'

그날은 오미마저 자라가 내 감정을 생각하지 않는다고 탓했다. 오미는 절대로 한 사람 편을 들지 않고, 그 어떤 일에서도 자라에게 반기를 들지 않는다. 하지만 자라가 남자애들에게 나섰을 때는 평소와 달랐다. 오미는 내 편을 들면서 자라에게 내 말을 들으라고 부탁했다. 토비아스가 사물함에서 내 엉덩이를 잡은 뒤의 사건도 있었다. 자라가 내게 남자애들이 들이대는 걸 이해하지 못한다고 하자 오미는 자라에게 그런 말은 공평하지 않다고 말했다. 특유의 차분하고 자그마한 목소리였지만, 분명하게 말했다. 그리고 득점표. 오미는 혼자만 알고 있을 수도 있었다. 문제를 일으키기 싫었다면 나한테 꼭 말할 필요는 없었다. 나에게 비밀로 하고 자라한테만 떠벌릴 수도 있었다. 오미에게 싸움이 일어나지 않는 것만 중요했다면, 자라의 비위를 맞추는 것만 중요했다면 말이다.

한 번도 이렇게 생각해 보지 못했지만, 오미는 겁내지 않았다. 오미가 어제 자라와 시내에 간 걸 이상하게 여기는 건 내가 잘못 생각하는 거였다. 피자 가게 앞에 리오와 서 있든 캘럼과 서 있든 그건 아무 의미 없었다. 오미는 어디서나 누구와도 마음대로 있을 수 있다. 그리고 오미는 진짜 내 친구다.

맥스에게는 화가 난 것도 아니었다. 맥스가 재러드라는 새 친구를 사귄 게 기뻤다. 그렇지만 요즘 나는 맥스에게 존재감이 없어진 느낌이었다. 맥스는 우리가 친구라는 사실도 잊은 것 같았다. 혹은 어쩌면 이런 이상한 일들을 더는 감당하고 싶지 않다고 생각한 것일지도 모른다.

일요일 아침, 엄마는 다시 컴퓨터 앞에 앉았다. 해들리는 관심이 필요했고, 그렇다는 건 내가 필요하다는 거였다. 거실에서 책을 읽으려던 나에게는 정말로 성가신 일이었다. 마침 해들리는 '왜에에에?' 모드였다.

"밀라 언니, 왜 우리 강아지 공원에 가면 안 돼? 왜에에에?"

"밖에 비 오잖아."

"우산 쓰면 되잖아! 난 새로 산 분홍색 장화 신으면 돼!"

"그래, 그렇지만 델릴라가 비 싫어하잖아."

"왜에에에?"

"나는 모르지. 델릴라한테 물어봐."

"언니, 이해 못 해? 몇 번이나 더 설명해야 해? 델릴라는 대답 못 해. 왜 냐하면 말을 못 하니까!"

"…"

7분 뒤.

"언니, 이제는 공원에 가도 돼?"

결국 2시가 조금 넘었을 때 나는 엄마에게 더는 해들리를 감당 못 하겠 다고 말했고, 엄마는 에임스 아줌마와 체리시를 불렀다. 처음에는 두 사 람이 온 게 무슨 소용인가 싶었다. 체리시는 해들리의 놀이 상대가 아니 었다. 그런데 주방에서 엄마가 아줌마에게 말하는 소리가 들렸다. 애들이 엿듣지 못하게 할 때 쓰는 속삭이는 말투였다.

"슬슬 걱정이 돼. 서류를 내는 곳마다 예전 상사한테 추천서를 받아 오 라고 하는데, 말을 꺼낼 엄두가 안 나!"

"왜? 그 상사가 정말 너에 대해 나쁘게 쓸 것 같아?"

"솔직히 말해서 그 사람이 어떻게 쓸지 짐작도 못 하겠어. 그런데 맞아, 내가 그만둘 때 그 사람이 어떻게 나왔는지 생각하면, 추천서는 절대로 부탁 못 해."

배 속이 차가워졌다. E모션스에 못 다니고, 옷을 거의 안 사고, 마트에 서 뭘 살 때마다 동전까지 아껴 쓰는 것만으로도 힘들었다. 그런데 만약 엄마가 직장을 구하지 못하면 집에서 쫓겨날 수도 있었다. 굶을 수도 있었다. 강 건너 불구경하듯 이대로 앉아 있을 수는 없었다.

나는 복도에서 외쳤다.

"엄마! 저 델릴라 산책시키고 올게요."

"밖에 비 오는데?"

"괜찮아요. 우산 가지고 갈게요. 주말 내내 집에만 있을 수는 없어요!"

거실에서 해들리가 외쳤다.

"나도 갈래! 분홍색 장화 신고 갈래!"

그때는 이미 심장이 쿵쿵 뛰고 머리가 울리고 있어서, 나는 해들리에게 그러라고 했다.

에리카 관장님

"언니, 우리 강아지 공원 가는 거 아니야?"

우리는 우산 하나를 함께 쓰고 E모션스 앞에 서 있었다.

"이따가. 지금은 델릴라가 비를 피하고 싶어 하는 것 같아. 그러니까 잠깐 안에 들어가자. 언니는 관장님하고 이야기 좀 할게."

"그때 그 팔이 멋있는 아줌마하고? 뭐 이야기할 거야?"

"맞춰 봐."

해들리는 수수께끼나 퀴즈 같은 것을 좋아한다. 그래서 이 대답은 효과가 있었다.

"그런데 델릴라는 어떻게 해? 안 들여보내 줄 것 같아."

아. 거기까지는 미처 생각하지 못했다.

"해들리, 그래서 네 역할이 정말 중요해. 네가 건물 로비에서 델릴라를 지켜 줘. 책임지고 델릴라가 얌전히 있게 하는 거야. 아무 데나 앉지 못하게 하고, 오줌을 누게 해도 안 돼. 관장님만 만나고 1분 내로 올게."

나는 해들리가 대꾸하기 전에 문을 열었다. 델릴라가 기다렸다는 듯 안으로 뛰어들었다. 비를 피할 수 있어서 신난 델릴라가 몸을 푸르르 털자,

빗방울과 개털이 사방으로 튀었다. 해들리가 외쳤다.

"으엑!"

"여기서 잘 기다리고 있어! 둘 다!"

E모션스는 건물의 2층에 있어서 나는 계단을 뛰어 올라갔다. 일요일 오후인 데다 비까지 내리고 있어서인지 입구는 할 일을 찾는 부모와 애들로 번잡했다.

시큼한 발 냄새가 코를 찔렀다. 나는 잡지를 들고 바닥에 자리를 잡았다. 2분 정도가 지나자 에리카 관장님이 달려왔다. 하나로 묶은 금발 머리가 여기저기 흘러내린 채였다. 관장님은 평소보다 더 기진맥진해 보였다.

"3시 수업 곧 시작합니다! 아직 등록 못 하신 분들은 여기로 오세요."

울부짖는 아기를 안은 아줌마를 포함한 어른 세 명이 에리카 관장님을 둘러쌌고, 관장님은 핸드폰으로 뭔가를 입력했다. 드디어 등록이 모두 끝나고 접수 구역이 텅 비자, 관장님이 내게 손짓했다. 나는 자리에서 일어섰다.

"밀라, 안녕. 온 가족이 갑자기 안 나타나다니. 엄마는 잘 계시지? 혹시 무슨 문제라도…?"

나는 거짓말로 둘러댔다.

"아니요, 그런 거 없어요. 엄마는 등록하려고 관장님을 계속 찾았어요. 그런데 관장님은 언제나 바쁘시잖아요. 엄마가 관장님을 못 찾으셨대요."

"어, 그랬어? 미안해라! 접수 일을 봐 주는 매니저가 있었는데—"

"네, 전에 말씀하셨어요. 그래서 일이 훨씬 더 쉬울 것 같아요."

에리카 관장님은 웃음을 터뜨렸다. 그런 말은 예상하지 못한 것 같았다.

"훨씬 수월하지. 수월하고말고!"

"아마 다른 매니저를 찾으실 것 같은데—"

마침 해들리가 정확한 타이밍을 잡았다. 내가 입을 떼자마자, 땀 냄새에 흥분한 델릴라를 앞세우고 나타났다. 그러자 에리카 관장님이 외쳤다.

"해들리! 미안하지만 여긴 개는 올라오면 안 돼."

해들리는 울상이 됐다.

"그렇지만 나는 아래에서 혼자 몇 시간이나 있었어요! 언니, 1분이라고 했잖아. 1분은 잠깐이야!"

"맞아. 그런데 관장님을 만나야 한다고 했잖아. 너무 오래 걸려서 미안하지만 관장님이 너무 바쁘셨어. 도와줄 사람은 하나도 없고."

나는 에리카 관장님 쪽으로 돌아섰다.

"혼자 다 하셔야 하니까 너무 힘들 것 같아요."

에리카 관장님은 희미하게 웃었다.

"그래. 어쨌든 엄마한테 다시 들르시라고 말씀드려 줘. 난 쭉 여기 있을 거니까. 여기든 어디든. 자, 그럼 얘들아, 개 좀 밖으로—"

"그런데요! 저한테 생각이 있어요! 혹시 도와줄 사람 안 구하세요? 친절하고, 똑똑하고, 또… 사무실에서 오래 일한 경력도 있고, 그리고 여기 오는 걸 정말 좋아하는 사람 어떠세요?"

"도와줄 사람? 여기서 일할 사람 말이야?"

나는 숨을 참고 고개를 끄덕였다. 그러자 해들리가 외쳤다.

"알았다! 여기서 일할 사람 알아! 우리 엄마지!"

에리카 관장님은 눈을 깜박거렸다.

"엄마가 일자리를 찾는 중이셔? 정말로 그렇다면 엄마하고 꼭 이야기해 보고 싶은데."

나는 해들리에게 눈으로 영혼의 외침을 쐈다. '말하면 사형이야.' 그리고 는 대수롭지 않은 듯 대답했다.

"잘은 모르겠지만, 제가 이야기해 볼게요."

나는 델릴라의 목줄을 넘겨받고 해들리의 손을 잡은 다음, 둘을 데리고 부리나케 건물을 빠져나갔다.

집에 도착하자마자 해들리는 에리카 관장님이 한 말을 쏟아냈다. 나는 엄마가 나한테 화가 났을까 봐 걱정스러웠다. 엄마는 나에게 일자리에 관련된 이야기를 전혀 하지 않기 때문이다. 에임스 아줌마에게 전 상사 이야기를 한 것도 내가 안 듣는다고 생각하고 말한 거였다. 그렇지만 엄마는 기대에 차 보였다.

"관장님이 전화한대? 아니면 엄마한테 전화하래?"

"그냥 엄마하고 꼭 이야기하고 싶다고만 했어요. 다른 건 몰라요."

엄마는 웃음을 감추지 못하며 고개를 설레설레 저었다.

"그렇구나. 우와. 생각도 못 한 일이야. 너희 강아지 공원에 간 줄 알았는데."

"비가 오잖아요. 그래서 E모션스에서 잠깐 기다렸어요. 마침 관장님이 계셨고요."

나는 거짓말은 하지 않도록 조심했다. 엄마가 내 얼굴을 빤히 쳐다봤다.

"그렇구나. 그런데 대체 어떻게 그런 생각을 다 했니? 아까 관장님한테 뭐라고 했다고?"

나는 엄마를 꼭 껴안았다.

"어쩌면 제가 관장님의 언어로 말했나 봐요."

맥스

월요일에는 드디어 해가 났다. 아침 식사 시간에는 엄마도 해들리도, 나도 모두 명랑하게 조잘거렸다. 엄마는 일자리에 대해서 아무 말 하지 않았지만, 나는 엄마가 정오에 에리카 관장님과 만나기로 했다는 걸 알고 있었다. 물론 엄마가 일을 구하는 게 가장 중대한 문제지만⋯ 혹시 정말로 일을 구한다면 다시 공수도 수업을 들을 수 있을 거라는 기대를 하지 않을 수 없었다. 혹시, 혹시, 혹시. 가슴이 좋은 의미로 파닥거렸다. 나비였다. 나방이 아니었다.

교실 앞에서 나를 기다리는 자라가 없었지만 속상해 하지 않기로 했다. 대신 맥스에게 찾아가 수업 종이 울릴 때까지 복도에서 이야기했다. 나는 재러드와 한다는 핸드폰 게임 이야기를 듣고 또 들었다.

결국 더는 못 듣겠다는 생각이 들었다. 나는 맥스의 말을 잘랐다.

"맥스, 정말 좋아."

맥스의 파란 눈이 둥그레졌다.

"뭐가?"

"네가 재러드하고 친해져서."

맥스는 잠시 머뭇거렸다.

"다 네 덕분이야."

"나?"

"응. 네가 점심시간에 재러드하고 같이 점심 먹으라고 했잖아. 만약 네가 안 그랬다면—"

맥스는 말을 멈췄다. 리아나와 앤슬리가 지나가서 그런 것 같았다. 둘은 월요일 아침답게 맥없이 손을 흔들며 교실로 들어갔다. 우리도 두 사람에게 손을 흔들어 줬다. 두 사람이 교실 안으로 완전히 들어갈 때까지 기다렸다가 내가 물었다.

"내가 안 그랬다면, 뭐?"

"아니, 신경 쓰지 마."

맥스는 한숨을 쉬었다. 나는 끝을 보기로 했다.

"맥스, 너 나한테 화났어? 날 피하는 것 같아. 다 같이 있을 때도 말이 없고."

맥스는 책가방을 고쳐 멨다. 대답을 정리하는 것 같았다.

"그래. 알겠어. 정말 알고 싶은 거지?"

맥스는 머뭇거리다 입을 열었다.

"넌 나한테 늘 조언을 해. '재러드 옆에 가서 앉아.' '헌터가 괴롭힌다고 교감 선생님께 말씀드려.' 그러면 난 네 이야기를 들어. 너는 내 친구고, 보통은 네 말이 맞으니까. 그런데 내가 너한테 어떻게 해 보라고 하면, 넌 안 해."

나는 맥스를 빤히 쳐다봤다.

"지금 득점표 이야기야? 교감 선생님께 알리라고 한 거?"

"그래. 그리고 그 남자애들하고 관련된 일 전부를 말하는 거야. 나는 너한테 그게 괴롭히는 거라고 했는데, 넌 내 말을 무시했지. 그리고 상황은 점점 더 나빠졌고. 나는 이제 네가 나한테 뭘 바라는지 모르겠어!"

맥스의 어깨 너머로 복도 반대편이 보였다. 와르다크 선생님이 1학년 아이를 꾸짖고 있었다. 나는 조용히 말했다.

"네가 어떻게 해 줬으면 하는 거 없어. 이건 내 문제니까."

맥스의 눈썹이 올라갔다.

"내가 교감 선생님께 같이 가면 어때? 같이 갈게."

나는 고개를 저었다.

"왜 안 가는데? 겁나?"

나는 겁이 나는 걸까? 겁을 먹었다는 건 너무 거친 표현이다. 그리고 너무 부정적이다. 내가 답이 없자 맥스가 내 쪽으로 고개를 숙였다. 그리고는 거의 속삭이듯 작은 목소리로 말했다.

"밀라, 지난 학기에 헌터가 날 괴롭힌다는 걸 교감 선생님께 말하게 한 건 너야. 나는 말 안 하려고 했지만, 네가 날 그렇게 내버려 두지 않았잖아! 그렇지만 나중에는 말한 게 다행이라고 생각했어. 그때부터 헌터는 날 본 척도 안 하니까."

"내 문제는 그거랑 달라!"

"어떻게? 어떻게 다른데?"

나는 숨을 거칠게 들이마셨다.

"여러 방면에서! 그때는 한 명이었고, 말로만 놀리는 거였어. 교감 선생님이 헌터의 농구부 코치도 아니었고. 그리고 또."

"그리고 또 뭐?"

"그리고 지금 나한테 일어나는 류의 일은 말하기가 정말로, 굉장히 힘들어. 교감 선생님께는 더. 맥스, 같이 가겠다고 나서 준 거 정말 고맙게 생각해. 그렇지만 넌 이걸 남자애들의 단순한 괴롭힘이라고 생각하지. 하지만 난 알아. 아니야."

맥스의 얼굴이 굳었다.

"나도 '그냥' 괴롭힘을 당한 건 아니었어. 넌 교감 선생님께 '게이'라고 놀림 받는다고 말하는 게 쉬워 보여? 그게 모욕이라도 되는 것처럼 놀리는데?"

"미안해."

나는 곧바로 사과했다. 얼굴이 달아올랐다. 완전히 잘못 말했다. 왜 내가 하는 말은 다 문제가 될까? 나는 어느새 갈라지고 있는 목소리로 덧붙였다.

"맥스, 알아. 너도 쉽지 않았어. 진심인 거 믿어 줘. 그렇지만 지금 그런 말이 아니란 말이야! 난 그냥, 나한테 벌어진 일은 다르다는 걸 말하고 싶은 거야. 절대로 그냥 괴롭히기라고 할 수 없어."

"그러면 그건 뭔데?"

나는 대답을 하려고 입을 벌렸다. 그렇지만 할 말이 없었다. 괴롭히기, 놀리기, 들이대기, 생각나는 말 모두가 너무나도 단순하고 사소해서, 내가 받는 모든 상처를 담아낼 수가 없었다.

술래 안 잡기

점심시간이 되자 나는 후무스(으깬 콩을 올리브유 등과 섞어 만든 소스)를 얹은 피타 브래드와 초콜릿 칩 쿠키를 들고 운동장으로 나가 주위를 둘러봤다. 놀랄 것도 없이 조약돌 밭에서 나를 기다리고 있는 친구는 아무도 없었다. 자라는 리아나와 앤슬리와 어울려 농구 골대 아래서 공을 패스하고 있었고, 오미는 근처에서 대니얼과 이야기하고 있었다. 맥스와 재러드는 보이지 않았다. 이상하지만 농구부 남자애들도 보이지 않았다.

'좋아. 그럼 나는 뭘 하지?'

나는 운동장을 한 바퀴 돌았다. 쿠키를 베어 먹으며 운동화가 땅에 닿는 횟수를 세서 운동장 둘레와 너비가 얼마나 되는지 쟀다.

'엄마가 일을 시작하면 드디어 운동화도 살 수 있겠지…'

조약돌 밭으로 되돌아왔을 때 사미라가 내 앞으로 뛰어들었다.

"밀라! 너는 소환됐다!"

나는 너무 놀라 웃음이 나왔다.

"뭐에 소환된 거야?"

"바보여, '술래 안 잡기' 게임으로다!"

사미라는 씩 웃었다.

"밀라, 게임 규칙 알아?"

"잘 몰라."

"하하! 사실 나도 잘 몰라!"

그러면서도 사미라는 설명을 시작했다. 릴리 셔먼이 '기사단 단장'으로, 변환 능력이 있다. 기사단 단장은 세 명의 '견습 기사'에게 몰리는 상태에 놓이면 중립화되는데, 그러면 점심시간이 끝날 때까지 휴면기에 들어가야 한다. 다만 '적색의 용' 두 명 중 하나가 움직이게 해 주면 휴면기가 풀린다.

"잠깐만. 그러니까 거기서 '몰린다'는 게 정확히 무슨 뜻이야?"

"팔 세 개 정도 거리에서 세 방향으로 둘러싸이는 걸 말하는 거야. 게임 중에는 아무도 건드리면 안 돼. 이름이 술래 '안' 잡기 게임이잖아? 그렇지만 만약 트롤이 뒤에서 너를 소환하면…"

"아하."

사미라의 설명이 이어졌지만 나는 귀담아듣지 않고 다른 생각을 하고 있었다.

'사미라는 좋은 애야. 이 이상한 게임을 어떻게 하는지는 상관없어. 아무도 안 건드린다는 것만으로도 좋아. 그리고 야호! 난 혼자가 아니야!'

사미라가 마지막으로 확인했다.

"자 그럼, 다 이해됐지?"

나는 솔직하게 대답했다.

"아니."

"그럼 이해한 척해. 나도 지금 그렇게 하는 중이야."

사미라가 외쳤다.

"자, 녹색의 랩터, 이제 서두르자! 이 구역은 어둡고 위험으로 가득하노라!"

"뭐라고?"

그렇지만 사미라는 멀어져 갔다. 내가 녹색의 랩터야? 왜 녹색이야? 나한테는 무슨 능력이 있어? 사미라가 별말이 없었으니까, 아마도 아무 능력이 없을 거였다. 그렇지만 상관없었다. 최소한 할 일이 생겼으니까.

나는 달리기 시작했다.

약속

달리는 게 좋다. 그건 생각하지 않는다는 뜻이기 때문이다. 나는 어디로 달려야 하는지, 왜 달리는지, 이 게임에는 지금 누가 있는지조차 전혀 알지 못했다. 사미라는 나를 두고 사라졌다. 맥스하고 재러드도 함께하는 것 같았다. 내가 운동장 반대편에 있는 두 사람을 보고 손을 흔들자 그들은 계속 뛰라는 것처럼 양팔을 마구 흔들었다. 그래서 나는 계속 뛰었다.

그렇지만 운동장을 숫자 8 모양으로 몇 분을 계속해서 뛰고 나자 폐가 불타오르고 옆구리가 결렸다.

'잠깐 타임아웃하는 건 괜찮겠지. 안 괜찮으면 또 어때.'

나는 학교 경계선에 있는 나무 뒤편으로 들어갔다. 그 순간 갑자기 세 사람에게 둘러싸였다. 헌터와 루이스, 그리고 캘럼이었다.

'캘럼?'

캘럼이 왜 이 게임을 하고 있을까? 이렇게 둘러싸이면 어떻게 되는 거였더라? 나는 머릿속이 하얘졌다.

"야."

소리가 목에서 나왔다. 다시 한번, 이번에는 배 속에서부터 소리쳤다.

"야!"

헌터가 미소 지었다. 다만 우호적인 미소는 아니었다.

"뭐가 야야? 너는 지금 말할 수 없다. 중립화됐다."

"내가 왜? 너희들… 견습 기사야?"

루이스가 대답했다.

"우리는 화염의 기사다. 죄수를 이송하지. 밀라, 너는 우리와 가야 한다."

루이스가 내 어깨를 꽉 쥐었다. 심장이 철렁했다.

'내가 죄수라고? 아니야. 그럴 수는 없어.'

나는 루이스의 손을 뿌리쳤다. 너무 과격했지만 상관없었다.

"루이스! 내 몸에 손대지 마! 난 안 가니까!"

루이스는 놀란 것 같았다.

"이것은 너의 결정이 아니다."

"나한테 그런 식으로 말하지 마!"

"침묵해라. 포획의 개념이 숙지되지 않은 것 같은데―"

"아니, 잠깐만."

캘럼이 말했다. 평상시의 목소리였다. 다른 애들처럼 게임용 목소리가 아니었다. 루이스가 거슬린다는 듯 말했다.

"왜 그래?"

"밀라하고 나는 교감 선생님께 약속한 게 있어. 밀라는 교실 밖에서 나한테 6미터 이내로 다가오면 안 돼. 그러니까 밀라는 여기에 있는 것부터 안 됐던 거야."

얼굴이 달아올랐다. 비밀을 들킨 기분이었다.

215

"캘럼, 그건 너도 마찬가지야. 너도 나한테 6미터 이내로 접근하면 안 돼."

"밀라, 아니야. 잊은 것 같은데, 우리가 그런 약속을 하게 된 건 네가 내 다리를 찼기 때문이야."

"잊었다고? 아주 또렷하게 기억하고 있어!"

헌터가 짜증 난다는 듯 말했다.

"캘럼, 신경 쓰지 마. 그냥 가자."

그렇지만 캘럼은 움직이지 않았다.

"아니, 밀라. 엄밀히 말하면 넌 이 게임에 끼는 것 자체가 안 돼. 6미터 거리를 유지할 수 없으니까. 계속 이동해야 하잖아. 안 그래? 그러니까 와르다크 선생님이 지금 이 일을 교감 선생님께 보고하길 바라는 게 아니라면—"

"됐어! 이런 바보 같은 게임 누가 하고 싶대?"

"바로 네가 하고 싶은 것 같은데."

캘럼은 내 눈을 똑바로 보며 말했다.

퇴각

이해하지도 못했고, 처음부터 하겠다고 한 적도 없는 게임을 그만두면서 말할 수 없이 화가 치밀었다. 친구도 아닌 애들 앞에서 캘럼 때문에 창피를 당했다. 영역을 내주고 말았다. 그렇지만 나에게는 선택권이 없었다. 캘럼이 한 말이 맞다. 우리는 교실 밖에서 가까이 있으면 안 된다. 교감 선생님이 6미터 이내라고 정했다. 그러니까 만약 캘럼이 그 멍청한 게임을 한다면 나로서는 피할 방법이 없었다. 있다면 점심시간 내내 캘럼의 반대 방향으로 도망치는 것뿐인데, 그런 게임이 재미있을까?

도대체 왜 이런 일이 생겼을까? 내가 캘럼이 가까이 다가오게 두지 않아서? 캘럼이 스웨터에 대해서, 내 엉덩이에 대해서 말한 걸 지적해서? 캘럼의 정강이를 차서? 아니면 교감 선생님 앞에서 당황하게 만들어서?

결과적으로 캘럼이 받은 벌은 단 하루 방과 후에 남기였다. 교감 선생님은 캘럼의 행동은 모른 척하고 내 반응에만 주목했다. 펜더 선생님도 마찬가지로 나를 트럼펫 열의 뒷줄로 몰아냈지만 캘럼의 독주 파트는 그대로 뒀다. 모두 믿기지 않을 만큼 부당한 데다가 틀렸다.

그렇지만 교감 선생님과 면담하고 또 방과 후에 남거나 아니면 더 심한 벌을 받고 싶지는 않았다. 그러니 지금, 운동장에서 나가야 했다. 움직여야 했다. 그런데 어디로?

내가 막 학교 건물로 들어섰을 때, 사미라가 내 팔을 잡았다. 사미라는 숨이 턱까지 찬 채 물었다.

"뭐야? 같이 게임하는 거 아니었어?"

"난 못 해."

"왜 못 해?"

나는 캘럼에게 6미터 이내로 접근하면 안 되는 규칙을 이야기했다. 캘럼이 그걸 어떻게 상기시키면서 나한테 게임을 할 수 없게 했는지 말했다. 게임뿐만 아니라 운동장에서는 아무것도 할 수 없었다.

사미라의 눈이 안경 안쪽에서 번득였다.

"그래서 너는 걔가 그렇게 이래라저래라하도록 내버려 두겠다고?"

"교감 선생님은 6미터 규칙을 어기면 다른 벌이 있을 거라고 하셨어. 더 심각한 걸로."

사미라는 고개를 저었다.

"밀라, 이건 너무 심해. 만약 나였으면—"

"그런데 나는 네가 아니니까."

목소리가 생각보다 더 날카롭게 나왔다. 나는 바로 덧붙였다.

"미안."

"사과하지 마. 네 말이 맞고, 내가 잘못 말한 거니까. 그냥 너무⋯ 답답해서 그래! 네 친구들은 다 어디 갔어? 자라, 오미, 맥스⋯."

나는 어깨를 으쓱했다.

"다 엉망진창이야."

"그렇다면 이제는 중단시켜야지."

"어떻게?"

"몰라. 그런데 너 혼자서는 못 해. 지금 어디로 가고 있었어?"

나는 다시 한번 어깨를 으쓱했다.

"좋아. 그럼 같이 밴드부 연습실에 가자. 연습은 13분 뒤에 시작하니까 그때까지 같이 연습하자."

나는 끄응 소리가 절로 나왔다.

"사미라, 나 연습이라면 벌써 미친 듯이 했어. 그래 봤자 뒷줄이라 아무한테도 안 들릴 테지만."

"밀라, 다 들려. 넌 네가 생각하는 것보다 소리가 크단 말이야."

사미라는 내 팔을 쿡 찌르고는 씩 웃었다.

"그리고 밴드부 연습실에 아무도 없으면, 우리 발차기 연습하자."

취업

사미라와 밴드부 연습실에서 한참을 놀고 나자 기분이 훨씬 나아졌다. 우리는 〈해적 메들리〉 연습뿐만 아니라 막기, 앞치기, 옆차기도 연습했다. 사미라는 집으로 가는 통학 버스에서 내 자리를 맡아 줬다. 그래서 나는 농구부 남자애들이 타지 않는 월요일에도 혼자 앉지 않았다. 공수도 수업에 다시 나올 거냐는 사미라의 질문에는, 징크스 같은 게 있을까 봐 엄마가 에리카 관장님과 만났을 거라고 말하지 않았다.

집에 도착하고 얼마 있지 않아 엄마가 해들리를 데리고 돌아왔다. 에임스 아줌마와 체리시도 함께였다. 엄마는 나를 보자마자 외쳤다.

"밀라! 어떻게 됐게?"

"일하게 됐어요?"

"일하게 됐어!"

엄마는 E모션스의 관리 매니저로 서류 작업과 전화 응대를 맡아 센터를 관리하기로 했다. 에리카 관장님은 수업에만 집중할 수 있게 됐다. 엄마는 지난 몇 주, 아니, 몇 달 만에 가장 행복한 미소로 환하게 웃었다.

"월급은 많지 않아. 그렇지만 E모션스는 엄마가 정말 좋아하는 곳이야.

그리고 우리는 이제 수업을 무제한으로 들을 수 있어!"

해들리가 손뼉을 치며 팔짝팔짝 뛰었다. 엄마는 나와 해들리를 끌어안으며 말했다.

"이게 다 우리 딸들 덕분이야. 우리 셋이 해낸 거야."

에임스 아줌마가 외쳤다.

"와우, 잠깐 그대로 있어 봐!"

에임스 아줌마는 핸드폰으로 우리 세 사람을 찍었다. 그러는 사이에 해들리가 말했다.

"델릴라도! 델릴라도 도와줬어요. 델릴라가 비를 싫어하지 않았다면 E 모션스에 안 갔을 거예요."

"맞아. 정말 다 같이 노력했어."

나는 거짓말로 맞장구치면서 엄마 품으로 파고들었다. 설명하기보다는 엄마의 품이 더 필요했다. 특히 에임스 아줌마 앞에서는 더 그랬다. 해들리가 펄쩍 뛰어오르며 내 턱을 들이받았다.

"엄마, 이제 햄스터 키워도 돼요? '예산'이라고 부를래요."

엄마가 웃음을 터뜨렸다.

"우리 아기, 생각해 볼게."

"생각해 보는 건 알았다는 거야!"

내가 말했다.

"아니야. 생각해 본다는 건—"

해들리는 여전히 펄쩍펄쩍 뛰었다.

"언니, 나 들었어! 나한테 말 안 해 줘도 돼! 그리고 주니어 제이스도 가면 안 돼요?"

엄마가 물었다.

"밀라, 넌 어때? 아예 E모션스에서 먼저 운동하고 가도 되겠다. 에임스, 체리시 데리고 같이 저녁 먹을 수 있어? 내가 살게."

"에이미, 그럴 거까진 없어."

"그렇지만 그러고 싶어. 자기가 큰 도움이 돼 줬잖아."

갑자기 엄마는 뭔가를 묻는 표정으로 나를 봤다. 뭘 묻는지는 알 수 없었지만 어쩌면 이런 걸 물었을지도 모른다. '밀라, 에임스 아줌마랑 같이 가는 거 괜찮아? 엄마는 네가 아줌마 어떻게 생각하는지 알아.'

나는 엄마를 보며 웃었다.

"그럼요. 같이 축하 파티 해요."

진전

그 주의 남은 날들은 공수도를 연습하고, 공수도를 생각하고, 매일 방과 후 공수도 수업을 들으며 보냈다. 플랫 선생님은 내가 돌아와서 정말 기쁘다며 내 발차기와 주먹이 더 세졌고, 막기가 더 빨라졌다고 칭찬했다.

플랫 선생님은 곧 나를 도장에서 실력이 제일 좋은 데스티니와 짝을 짓게 했다. 그리고는 내 옆을 지날 때마다 팔꿈치나 무릎을 교정해 주며 꼭 한마디씩 덧붙였다.

"밀라 브레넌, 진전이 보이네요."

나는 진전이란 말을 들을 때마다 뛸 듯이 행복했다. 거울 앞에서 연습을 하고 있으면 진전하는 게 내 눈에도 보였다. 이제는 한 동작에서 다음 동작으로 넘어갈 때 머뭇거리거나 호흡을 고르는 일 없이 자연스러웠다.

내 몸도 달라졌을까? 수업 몇 번으로 달라지지는 않을 것 같았다. 그런데 꼬집어 설명할 수는 없지만, 뭔가 달랐다. 더 단단해졌다. 더 날렵하고 그냥 더… 그랬다. 다른 애들 눈에도 그게 보일까?

그 납은 금요일에 알았다. 학교 수업이 끝나고 사미라가 시내에 가서 피자를 먹자고 했다. 첫째로 머릿속에 떠오른 답은 이랬다.

'싫어. 농구부 남자애들이 있으면 어떡해?'

두 번째 답은 이랬다.

'그러자. 남자애들이 있으면, 뭐?'

농구부 남자애들은 최근에는 나를 귀찮게 하지 않았다. 나를 잊었다기보다는 타임아웃에 가까웠다. 밴드부 연습 중에 나를 살피는 캘럼의 눈과 마주치는 일이 가끔 있었기 때문이다. 그래도 최소한 지금은 물러선 상태였다. 더구나 나와 같이 갈 사람은 사미라였다. 사미라가 파란 안경 너머로 쏘아보거나 길게 땋은 머리를 휙 넘기면 남자애들은 움찔했다.

나는 사미라에게 대답했다.

"그래."

내 대답에 사미라는 생각보다도 훨씬 더 기뻐했다.

우리는 함께 시내까지 걸어갔다. 사미라는 건방진 남동생 이야기를 했다. 나는 건방진 내 여동생 이야기를 했다. 우리는 엄마가 집안일을 너무 많이 시킨다고 불평했다. 사미라는 늙고 게으른 고양이 이야기를 했다. 나는 늙고 게으른 내 개 이야기를 했다.

우리는 피자 가게에 들어가서(남자애들은 없었다. 야호!) 피자와 스프라이트를 주문했다. 사미라는 펜더 선생님이 나를 트럼펫 열의 뒷줄로 보낸 것이 부당하다며 이야기를 꺼냈다.

"너 그거 펜더 선생님한테 말해야 해."

"싫어. 안 들으실걸. 선생님은 이미 나에 대한 평가를 마쳤어."

사미라는 물러서지 않았다.

"사람은 바뀌는 법이야. 네가 얼마나 바뀌었는지 봐."

"내가?"

사미라는 스프라이트를 마셨다.

"그래. 밀라, 너 말이야. 너 예전보다 훨씬 세졌어. 동작도 끝내줘. 심지어 왠지 더 커 보인다고."

나는 아주 활짝 웃었다. 그러자 입가에서 스프라이트가 새어 나왔다.

갑자기 모든 게 달라진 느낌이 들었다. 엄마가 일한다는 건 엄마가 행복하다는 뜻이다. 돈 문제로 아빠와 싸울 필요도 없었다. 해들리도 행복했다. 춤과 체조를 배우느라 바빴다. 가족 모두 안정을 찾아가고 있었다.

하지만 친구 문제는 상황이 더 복잡했다. 자라와는 매일 아침 교실 밖에서 만나 예전처럼 수다를 떨었지만 중요한 이야기는 절대로 하지 않았고, 오래 이야기하지도 않았다. 이제 자라는 점심시간에 농구를 했다. 보통은 리아나와 앤슬리와 했는데, 가끔 남자애들과 할 때도 있었다. 나는 괜찮았다. 더는 우리가 친구가 아니라는 건 아니지만, 우리 사이에 있었던 많은 일 때문에 솔직히 자라가 불안했다. 한번은 운동장에 우리 둘만 먼저 나왔을 때, 나는 자라에게 득점표에 대해 말하지 못해 미안하다고 사과했다.

"아, 난 벌써 다 잊었어."

자라는 손사래를 쳤다. 그리고는 농구공으로 드리블을 시작했다. 나는 좋은 쪽으로 생각해야 할지 나쁜 쪽으로 생각해야 할지 고민했다.

'다 잊었어. 왜냐하면 널 용서했기 때문에.'

'다 잊었어. 왜냐하면 처음부터 나한테는 중요한 일이 아니었기 때문에.'

하지만 자라는 자라였다. 자라 앞에서 나는 늘 갈피를 잡을 수 없었고, 확신할 수 없었다. 이제는 다른 것을 기대해서는 안 된다는 걸 안다.

맥스와도 관계가 불안해질까 봐 걱정스러웠지만, 무슨 이유에선지 그렇지 않았다. 맥스는 그 뒤로 교감 선생님 이야기를 꺼내지 않았다. '괴롭히기'라는 말도 하지 않았다. 그런 일들을 덮어 두고 친구로 지내기로 합의한 것 같았다. 까다로운 과정이지만, 우리는 둘 다 노력하고 있었다.

오미는 점심시간이면 자라가 농구 하는 걸 구경했다. 가끔은 맥스, 재러드, 나와 어울리기도 했다(맥스와 재러드와는 두 사람이 술래 안 잡기 게임을 하지 않을 때 어울렸고, 나와는 내가 사미라와 이야기하고 있지 않을 때였다). 그렇지만 나는 알고 있었다. 오미는 운동장에서나 학교 안에서나 나에게서 눈을 떼지 않았다. 오미는 자기만의 조용한 방식으로 나에 대한 관심을 놓지 않았다.

어느 점심시간에 오미는 자신의 수집품 중 하나인 갈색 얼룩이 있는 납작한 조개껍데기를 나에게 줬다.

"삿갓조개 껍데기야. 과학자들은 이게 자연계에서 가장 단단하대."

"삿갓조개?"

오미가 웃었다.

"조개의 일종이야. 달팽이처럼 연체동물이고, 되게 흔해. 바닷가 어디에서든지 볼 수 있어. 로사리오 이모가 푸에르토리코 바다에서 가져온 건데 네가 가지는 게 맞을 것 같아. 왜냐하면, 이건 엄청 터프하거든."

나는 오미를 꽉 안았다.

'우정의 동그라미가 언제까지나 흩어져 있지는 않을 거야.'

어쩌면 우정의 동그라미는 찌그러진 달걀 모양일지도 몰랐다. 그리고 어쩌면 다른 게 그 자리를 대신하게 될지도 몰랐다.

흰색 셔츠

2주가 지나고, 가을 음악제 날이 됐다.

독주를 맡지도 않았으면서 이상할 만큼 떨렸다. 그간의 긴 연습, 강당을 가득 채운 학부모들, 거기에 갖춰 입은 공연 의상(흰색 셔츠에 까만색 치마나 바지를 입었고, 운동화가 아닌 까만색 단화를 신었다)까지 더해져서 가슴이 마구 뛰었다. 과연 무대에서 잘 해낼 수 있을까? 머릿속에 맴도는 생각, 집중을 방해하는 소음, 그 모든 걸 이겨 내고 트럼펫의 아름다운 파란 하늘의 소리만 들을 수 있을까?

할 수 있다고 생각하고 싶었다. 그렇지만 밴드부 연습실로 들어간 순간, 과연 그럴 수 있을지 의심스러웠다.

"으아아, 밖에 사람들 봤어?"

애너벨이 휘둥그레진 눈으로 문 앞에서 나를 덮치며 물었다. 밴드부는 차례가 될 때까지 연습실에서 대기해야 했다. 첫 번째 순서가 오케스트라부, 그다음이 합창부, 그다음이 밴드부였다. 무대 공포증을 키울 시간이 더 길어진 셈이다. 재러드가 물었다.

"공연이 안 끝났는데 나가는 사람이 있으면 어떡하지?"

사미라가 손을 털며 대답했다.

"자기들 손해지. 난 소수더라도 진짜로 듣는 관객들 앞에서 연주하는 게 더 좋더라."

사미라는 언제나 그렇듯이 자신만만해 보였지만, 인중에 작은 땀방울이 맺혀 있었다.

'사미라가 긴장할 정도면 우린 어떻게 해야 하는 거야?'

그때 리오가 외쳤다.

"야, 캘럼! 너 뭐 잊었어!"

캘럼의 얼굴이 창백해졌다.

"내가 뭘 잊었지?"

"바지 입는 거! 치마 입으니까 다리가 아주 예뻐 보이는데!"

캘럼이 대꾸했다.

"하하, 리오, 참 재미있다."

단테가 탄성을 질렀다.

"그래! 치마를 더 자주 입어야겠어."

토비아스가 거들었다.

"아니면 드레스라든지. 브래지어를 하고."

사미라가 나를 힐끗 돌아보고 입 모양으로 말했다.

'무시해.'

나도 입 모양으로 대답했다.

'알아.'

펜더 선생님이 밴드부 연습실 안으로 고개를 내밀었다. 선생님은 V자로 깊이 파인 화려한 까만색 실크 드레스를 입고 있었다. 평범한 옷가게 같은 데서 파는 옷이 아니었다.

"자, 이제 5분 남았다. 잘 기억해. 한 줄로 걸어 나간 다음, 잡담하지 말고 자기 자리에 앉는 거야. 바른 자세 잊지 말고. 허리 꼿꼿이 세우고, 가슴 펴고, 다리에 힘주어 서고. 독주 맡은 연주자들, 준비는 완벽해. 가서 크게 한 건 하는 거야. 움츠러들지 말자. 기량을 마음껏 펼칠 기회니까."

펜더 선생님이 돌아서자 애너벨이 외쳤다.

"선생님! 저희는 언제 나갈지 어떻게 알아요?"

"애너벨, 진정해. 선생님이 2분 뒤에 돌아와서 너희를 데리고 나갈 거야. 지금은 무대에 보면대가 잘 설치됐는지 확인하러 가는 거야. 악기별로 나란히 대기하고 있어. 알겠지?"

펜더 선생님은 연습실에서 사라졌다. 사미라가 나에게 고개를 끄덕해 보였다. 내가 말했다.

"넌 잘할 거야."

"너도 마찬가지야. 진심으로."

사미라는 미소 지었다. 그리고 검지로 윗입술을 훔쳤다. 나는 사미라가 클라리넷 열로 가서 서는 모습을 지켜봤다. 릴리가 사미라의 등을 다독였다. 나도 두근거리는 마음으로 트럼펫 열로 갔다. 단테가 캘럼을 응원하고 있었다.

"네가 강당 뚜껑을 날려 버릴 거야."

루이스도 말했다.

"맞아. 분명 잘할 거야, 짜식."

캘럼이 대답했다.

"고마워."

나는 뺨 안쪽을 꾹꾹 씹었다. 농구 시합에 나가는 선수에게 보내는 응원 같았다. 나도 캘럼에게 응원의 말을 해야 하는 걸까? 아니, 그럴 수는 없었다.

펜더 선생님이 돌아왔다.

"자, 밴드부 전원! 나가자! 한 줄로 따라오도록! 모두 행운을 빌어!"

토비아스가 말했다.

"밀라, 지금 줄 서야 해."

"들었어. 말 안 해 줘도 돼."

나는 뒷줄로 가서 섰다.

곧바로 캘럼이 내 뒤로 와서 섰다. 체취제거제인지 향수인지 향이 너무 강했다. 게다가 너무 가까이 서 있어서, 캘럼의 단화 앞코에 내 뒤꿈치가 부딪혔다.

'그냥 무시해. 넓게 펼쳐진 파란 하늘을 생각해. 넓게 펼쳐진 학교 밖의 세상을 생각해. 이제 무대에 서는 거야—'

"야, 밀라."

캘럼이 속삭였다.

'앞만 봐. 자세 바로 하고.'

"밀라."

'눈에 기합 넣고.'

"야, 밀라, 그거 알아? 너 셔츠 속 비친다."

그리고는 웃음소리밖에 들리지 않았다.

가을 음악제

문제는 타이밍이었다. 캘럼은 이번에는 내 몸에 손끝 하나 대지 않았다. 그저 멍청한 몇 마디 말을 한 것뿐이었다. 그렇지만 그런 말을 무대에 오르기 직전에 한다? 그건 이렇게 말한 거나 마찬가지였다.

"밀라, 넌 이제 곧 창피를 당할 거야. 네 셔츠 속이 나한테 보인다는 건 관객 모두에게도 보인다는 뜻이니까."

더 심하게는 이런 뜻일 수도 있었다.

"네가 트럼펫을 잘 불든 말든 상관없어. 네가 얼마나 연습했는지도 상관없어. 사람들은 네 셔츠 속만 볼 거야."

트럼펫 열에서 뒷줄로 밀려났다는 굴욕감과 지난 몇 주간 벌어진 모든 사건이 뒤범벅됐던 것 같다. 그건 선을 넘은 행동이었다. 나는 캘럼의 멍청한 말과 그 웃음을 그냥 넘길 수 없었다. 특히 그 웃음을. 순간 나는 내가 어떻게 트럼펫을 불던, 얼마나 음악에 집중하던 간에 아름다운 파란 하늘은 절대로 열리지 않을 거라는 사실을 깨달았다.

'밀라, 너 셔츠 속 비친다.'

내 존재가 보이지도 않는다는 듯 무시하며 말했지만 아니었다. 나는 여기에 있었다. 사미라의 목소리가 머릿속을 맴돌았다.

'네 소리는 네 생각보다 훨씬 커.'

밴드부 전원이 무대 위 자기 자리에 앉자, 거의 가득 찬 객석에서 박수와 환호가 쏟아졌다. 객석 세 번째 줄에서 엄마와 해들리가 나를 향해 손을 흔들었지만, 나는 답하지 않았다.

펜더 선생님이 공수도 예절이 아닌 음악 공연 예절로 인사하며 관객을 향해 밝게 미소 지었다. 선생님은 마이크에 대고 말했다.

"자리해 주신 학부모님 여러분, 그리고 학생 여러분, 반갑습니다. 이번 가을 내내 우리 밴드부가 쏟은 노력의 결실을 여러분과 함께 나눌 수 있어 무척 기쁩니다. 우리 2학년 밴드부 학생들이 얼마나 자랑스러운지 모릅니다. 지난 시간 동안 우리는 하나의 밴드로서 함께해 왔고, 이제 멋진 새로운 학기를 기대하고 있습니다. 오늘 저녁 여러분께 처음으로 소개할 곡은 〈해적 메들리〉로, 밴드부에서 최고의 기량을 자랑하는 두 연주자, 사미라 스펄록의 클라리넷 독주와 캘럼 벌리의 트럼펫 독주가 있을 예정입니다."

펜더 선생님은 우리를 향해 돌아서서 미소를 지으며 윙크했다. 선생님의 지휘봉이 보면대를 세 번 쳤다.

"자, 준비됐지? 원 앤 투 앤 쓰리—"

사미라의 독주는 언제나 그랬듯이 훌륭했다. 그리고 캘럼이 독주를 위해 자리에서 일어났다. 그 순간 나는 내 트럼펫을 우렁차게 불었다.

"시♭—"

이상했다. 마치 내가 무대에 있는 것 같기도 하고, 아닌 것 같기도 했다. 동시에 두 군데에 있는 느낌이었다. 무대 위를 둥둥 떠다니며 아래를

232

내려다보는 느낌이기도 했다. 아니면 무대에 있으면서도 동시에 관객석에 앉아 보기도 하고 듣기도 하는 느낌이었다. 다음에 무슨 일이 벌어질지 의아해하면서.

단테가 씩씩대며 속삭였다.

"밀라, 닥쳐."

캘럼이 내 쪽으로 고개를 돌렸다. 놀란 얼굴이었다. 객석에서 피식거리는 소리가 들렸다. 아마도 내가 딴생각을 하고 있다가 너무 일찍 연주를 시작했다고 생각했을 것이다. 캘럼은 숨을 고른 다음 트럼펫을 불기 시작했다.

"도, 레, 레, 파#—"

나는 힘차게 트럼펫을 불었다.

"도#—"

웃는 사람이 많아졌다.

펜더 선생님이 내 쪽으로 허리를 숙였다. 눈으로 고함을 지르는 것 같았다. 나는 외면했다. 캘럼은 얼굴이 벌게진 채 처음부터 다시 시작했다. 마치 그래도 된다는 듯이. 그렇지만 모두가 알듯이 그래선 안 됐다.

"도, 레, 레, 파#—"

나는 "라b"을 길게 불었다.

웃음소리가 그치고 웅성거림이 시작됐다. 무대도 객석도 웅성거렸다.

"밀라, 잘한다!"

객석 뒤편에서 자라가 외쳤다. 환호성이 들렸다. 박수 소리도 들리기 시작했다. 캘럼은 시뻘건 얼굴로 돌이 된 듯 서 있었다. 뇌를 로그아웃해서 세 번째로 다시 시작해야 할지, 아니면 다 포기하고 자리에 앉아야 할지 어쩔 줄 몰라 하는 게 눈에 보였다.

얼어붙은 캘럼을 그대로 세워 둔 채, 정적을 깨고 클라리넷의 저음이 길게 울렸다. 사미라였다. 그리고 색소폰이 뒤따랐다. 애너벨이었다.

펜더 선생님이 날카롭게 속삭였다.

"이제 그만! 이걸로 그—"

나는 우렁차게 "시"를 불었다. 재러드가 오보에로 합세했다. 헌터가 트롬본으로 강아지 방귀 소리를 냈다. 나는 트럼펫으로 고양이 울음소리를 냈다.

펜더 선생님이 지휘봉을 내리쳤다.

"이제 됐다. 다들. 당장. 그만해."

펜더 선생님은 관객석을 향해 돌아섰다.

"이 자리에 와 주신 관객 여러분, 짓궂은 장난이 있었던 점, 정중하게 사과드립니다. 이 자리를 위해 일부러 일을 일찍 마치시고 또… 뭐라고 드릴 말씀이 없습니다. 헛걸음하시게 해서 죄송합니다. 부디 양해 바랍니다. 2학년 전원! 무대에서 내려가!"

장난

해들리가 네 살 무렵 색깔 지점토 네 통을 변기에 꽉 채워 넣고 물을 내린 적이 있었다. 어떻게 될지 궁금하다는 게 이유였다. 그때 엄마가 지은 표정이 내가 지금까지 살면서 본 것 중에 가장 화가 많이 난 표정이었다. 지금까지는. 펜더 선생님은 너무 화가 나서 몸을 부들부들 떨고 있었다. 목소리도 떨리고 있었다.

"방금 무대에서 일어난 일을 누구든지 설명해 보지? 동료 연주자를 그렇게 무시해? 그간의 노력을 다 망쳐? 학부모하고 전교생이 모인 앞에서?"

앤슬리가 말했다.

"그래, 밀라. 우리 할머니는 내가 연주하는 걸 보려고 두 시간이나 운전해서 오셨어. 그런데 어떻게 그렇게 행동할 수가 있어?"

그러자 애너벨이 나와 눈을 마주치며 반박했다.

"밀라 혼자만 한 일이 아니잖아."

"그렇지만 밀라가 시작했잖아."

대니얼이 부루퉁하게 거들었다.

"맞아, 시작은 분명히 밀라였어."

배 속이 조여들었다. 머리가 당장이라도 풍선처럼 떠오를 것 같은 기분이었다.

펜더 선생님이 경고했다.

"선생님은 아직 질문에 대한 대답을 못 들었어."

단테가 대답했다.

"그냥 밀라가 사이코처럼 군 거예요. 언제나처럼 과잉 반응한 거죠."

"뭐에 대해?"

침묵.

"뭐에 대해?"

펜더 선생님은 깨진 유리처럼 날카로운 목소리로 재차 물었다.

"캘럼이 저한테 뭐라고 했어요."

내가 말했다. 목에 침이 다 말라서 쉿소리가 났다.

"저희가 무대 올라가기 직전에요. 요즘 계속 그랬어요. 캘럼만 그런 게 아니었고, 전 어떻게 해야 할지 몰랐어요. 그러다가 그냥… 그냥 캘럼의 언어로 말하는 법을 터득한 것 같아요."

모두가 나를 빤히 바라봤다. 단테가 빈정거렸다.

"그래서 공연을 망쳐야 했구나. 공연은 캘럼만 하는 게 아니었어. 밴드부 전체가 하는 거였다고."

캘럼이 퉁명스럽게 말했다.

"어쨌든 그냥 장난이었어요."

"그냥 '장난'?"

펜더 선생님이 말했다. 선생님은 캘럼과 단테, 그리고 나를 봤다.

"그냥 장난이 어떤 장난이지?"

아무도 대답하지 않았다.

펜더 선생님이 다그쳤다.

"어떤 장난이지?"

리오가 말했다.

"밀라는 모든 일을 너무 심각하게 받아들여요. 너무 예민해요."

내가 대꾸했다.

"그건 사실이 아니야, 리오. 아닌 거 너도 알잖아."

펜더 선생님은 이제 피곤하다는 듯 말했다.

"좋아, 누가 알아듣게 설명 좀 하지? 선생님은 이 상황이 이해가 잘 안되는데."

사미라가 물었다.

"선생님, 정말 듣고 싶으세요? 벌써 꽤 오랫동안 진행된 일이에요. 여기 있는 애들 모두가 알아요. 만약 모른다고 하면, 그건 거짓말이에요."

리아나가 특유의 아무것도 모른다는 표정을 지었다. 사미라는 헌터에게 시선을 돌렸다. 헌터는 바닥만 내려다봤다. 그리고 사미라는 나를 향해 눈썹을 치켜세웠다.

'어쩔래?'

사미라의 눈이 말하고 있었다. 나는 사미라가 뭘 말하라고 재촉하는 건지 알았지만 말할 수 없었다. 모두가 보는 앞에서는 할 수 없었다. 그건 더한 벌이다. 망신이라는 벌.

나는 고개를 저었다. 그렇지만 이번에는 펜더 선생님이 나를 외면하지 않았다.

"좋아, 모두 연습실에서 나가. 밀라, 선생님과 단둘이 이야기 좀 할까?"

펜더 선생님

나는 펜더 선생님에게 처음부터 다 털어놓았다. 초록색 스웨터, 안아 달라던 리오, 엉덩이를 잡은 토비아스. 사물함 앞에서, 통학 버스에서, 운동장에서 있었던 일을 다 말했다. 밴드부 연습실에서의 일을 말할 때 선생님은 손으로 입을 막았다.

"그런 일이. 밀라, 정말 미안해, 그런 일이 있는 줄은一"

"알아요."

나는 설명을 계속했다. 심지어는 득점표에 관해서도 내가 아는 선에서 다 이야기했다.

굉장히 이상한 일이었다. 나는 그간 펜더 선생님이 어쩐지 어려웠다. 아마도 선생님이 음악을 하는 사람이어서 가까이 다가가기가 어려웠을지도 모른다. 그런데 알고 보니 선생님은 이야기를 굉장히 잘 들어 주는 사람이었다. 단 한 번도 내가 이야기하는 도중에 끼어들지 않았다. 대신 짧은 질문을 던져서 이야기를 이어가게 했다. 절대로 내가 '과민 반응'했거나 '장난을 받아들이는 법을 모르는 애'라고 느끼게 하지 않았다. '그냥 무시해라'라고도 말하지 않았다.

"성희롱이야. 선생님한테는 그렇게 보이고. 그건 굉장히 심각한 문제야."

내가 이야기를 마쳤을 때 펜더 선생님은 차분하고 신중한 목소리로 말했다.

"나한테도 있었던 일이기 때문만은 아니고."

"선생님한테도요?"

처음에는 잘못 들은 줄 알았다. 만약 누군가가 나한테 못된 짓을 벌일 상대를 고르라고 한다면 아마 펜더 선생님을 마지막으로 고를 거였다. 플랫 선생님과 와르다크 선생님을 빼면. 두 선생님은 목에 호루라기를 걸고 다닌다.

나는 펜더 선생님의 설명을 기다렸다. 그런데 차마 선생님의 얼굴을 볼 수 없었다. 대신 무릎에 놓인 선생님의 두 손을 바라봤다. 분홍색으로 칠한 손톱, 가늘고 우아한 손가락이 이제껏 본 적 없는 방식으로 뒤틀려서 맞잡혀 있었다. 어쩐지 듣고 싶지 않았다. 펜더 선생님은 내 선생님이었다. 그렇지만 아주 듣고 싶지 않은 것도 아니었다.

펜더 선생님과 눈이 마주쳤다. 선생님은 고개를 끄덕였다.

"몇 년 전에 교생 실습을 할 때였어."

그리고 재빨리 덧붙였다.

"이 학교에서는 아니었고. 최악의 경험이었고 정말로 쓰라린 기억이지만, 나 자신에 대해 많이 배웠어. 이런 일은 물론 사람에 따라 다르겠지만 말하기가 절대 쉽지 않다는 걸 알아. 밀라, 너는 굉장히 강한 사람이야."

"제가요?"

내 목소리가 연습실 어딘가에서 흘러나오는 것처럼 들렸다. 갑자기 내가 복화술사라도 된 것 같았다.

"제가 공연을 망친 것에 대해서는 화 안 나세요?"

펜더 선생님은 한숨을 내쉬었다.

"기쁘다면 거짓말이지. 밴드 전체가 진짜 열심히 연습했으니까. 너도 연습 많이 했다는 거 알고 있어."

'선생님이 알고 계셨어.'

펜더 선생님이 손을 뻗어 내 어깨를 다독였다. 셔츠를 통해 느껴지는 선생님의 손가락은 가볍고 따뜻했다.

"그렇지만 가끔은 내 이야기를 듣게 해야만 하는 순간이 필요하다는 것도 알아. 아니, 듣게 하는 것으로는 모자라지. 귀담아듣게 해야지. 그렇지?"

"맞아요."

"다만 더 빨리 이야기했다면 좋았을걸. 그랬다면 여기까지 안 왔을지도 몰라. 어쩌면 내 탓도 있겠지. 네 자리를 바꾸면서 상당히 단호했으니까. 그랬을 거야."

나는 한순간 망설였다. 뭐라고 대답해야 할지 몰랐다. 펜더 선생님은 정말로 내가 솔직하게 지적하기를 바라는 걸까?

"선생님은 독주할 애들만 신경 쓰시는 것 같았어요. 밴드 전체의 소리하고요. 제 마음이 어떤지는 신경 쓰시지 않는 것 같았어요."

완벽하게 다듬은 펜더 선생님의 눈썹 사이가 좁아졌다.

"왜 그렇게 생각했는지 알겠어. 거기에 대해서는 진심으로 사과할게. 밀라, 선생님들은 학생들이 깨닫는 것보다 많은 것을 봐. 하지만 때로는 그 레이더망을 빠져나가는 것들이 생겨. 만약 선생님이 이번 일의 낌새를 먼저 알아챘더라면, 반드시 뿌리를 뽑았을 거야. 그런데 선생님이 뭐 하나 물어봐도 될까?"

펜더 선생님은 정중하게 질문했다.

"혹시 엄마한테 대충이라도 말씀드려 봤니?"

"아니요."

"이유를 물어도 될까?"

나는 아빠에 관해서는 말하고 싶지 않았다. 우리에게 보내야 할 양육비와 전화로 하는 싸움에 대해서 말하고 싶지 않았다. 그래서 그냥 엄마가 해고당해서 엄마에게 걱정거리를 더하고 싶지 않았다고만 말했다.

"엄마를 많이 배려하는구나. 그렇지만 엄마도 알고 계셔야 하지 않을까? 지금도 굉장히 걱정하고 계실 것 같은데."

나는 눈을 깜박였다.

"엄마가요?"

펜더 선생님은 미소 비슷한 것을 지어 보였다.

"무대에서 그런 일이 있었으니까. 아마 지금쯤은 엄마도 네가 나하고 이야기하고 있다는 걸 전해 들으셨을 거야. 네가 혼나고 있다고 생각하실 수 있어."

나는 펄쩍 뛰었다.

"선생님 말씀이 맞아요. 엄마를 찾아야겠어요. 그런데요, 선생님."

"응?"

"이제 어떻게 하실 거예요? 그러니까, 남자애들한테요."

펜더 선생님은 손을 우아하게 무릎에 포갰다.

"하루 정도 생각해 봐야겠어. 내일 다시 이야기하자. 괜찮지?"

"네, 선생님. 그리고 고맙습니다."

갑자기 목소리가 떨렸다.

"그리고… 무대에서 그렇게 해 버려서 죄송해요."

"왜 그렇게 했는지 이해해. 그리고 선생님이 네 편이라는 걸 알았으면 좋겠어. 사과해 준 것도 고맙다."

그 후

그날 집에 돌아간 뒤, 나는 엄마 방으로 가서 문을 닫고 펜더 선생님과 약속한 대로 모든 걸 털어놓았다. 엄마는 처음에는 침착하다가 곧 불같이 화를 냈다.

"그 녀석들이 무슨 권리로 내 딸한테! 교감 선생님이 알고 계셔? 또 학부모 호출이 있어야 할 것 같다."

나는 엄마에게 사정했다.

"아뇨, 아뇨, 교감 선생님께 전화하지 마세요. 펜더 선생님이 알아서 처리하고 계세요."

"확실해? 학부모가 목소리를 키우는 것이 때로는—"

"엄마, 제발, 제발, 하지 마세요, 네? 저는 이 일을 펜더 선생님하고 잘 처리하고 싶어요."

"그래, 다시는 이런 짓 하지 못하게 하면 됐어."

엄마의 눈에 눈물이 그렁그렁해졌다.

"밀라, 엄만 스스로한테 화가 나. 엄마가 먼저 눈치챘어야 했어. 무슨 일이 있는 줄은 알았는데, 그냥 중학생 애들한테 흔히 있는 친구 문제라고 생각해 버렸어."

나는 엄마 품에 안긴 채로 대답했다.

"결국은 그렇게 되기도 했어요. 그렇지만 몰랐던 게 엄마 잘못은 아니에요. 제가 숨겼어요. 엄마한테 다른 일도 너무 많았잖아요."

"우리 딸, 엄마한테 너보다 중요한 일은 없어. 절대로. 밀라, 그거 아니? 너희 아빠가 지금의 너를 알지 못해서 안타까워. 안다면 굉장히 자랑스러워했을 텐데."

나는 목이 간질거려 아무 대답도 하지 못했다. 사실은 내가 그 말을 믿고 있는지 알 수 없었다. 어쨌든 그런 말을 하는 엄마를 보는 건 좋았다.

"그리고 그 녀석들은…"

나는 엄마의 샴푸 냄새를 맡으며 대답했다.

"네? 그 녀석들은 왜요?"

엄마가 피식 웃었다.

"네가 공수도 수업에 다시 나가서 기쁘다고만 해 둘게."

다음 날 아침. 교실 밖에서 자라, 오미, 맥스, 재러드가 나를 기다리고 있었다. 네 사람을 발견하고 나는 심장이 목까지 튀어 올랐다. 펜더 선생님과 한 이야기 중에 어디까지 이야기해야 할까? 선생님은 비밀을 맹세하라고 하지는 않았지만 비밀을 지키지 않는 건 잘못된 것 같았다. 그렇다면 또 우리끼리 토론이 시작되는 걸까? 자라와 또 싸우게 되는 걸까? 내 머릿속에는 이미 온갖 생각의 불꽃놀이가 터지고 있어서 다른 불꽃놀이가 시작될 자리는 없었다. 그렇지만 네 사람은 나를 보자마자 그냥 꽉 끌어안았다. 자라가 외쳤다.

"밀라, 너 정말 대단해! 무대를 그렇게 완전히 장악하다니!"

오미가 물었다.

"우리가 너 응원하는 거 들었어?"

자라가 말했다.

"내 목소리가 더 컸어. 왜냐하면 나는 목소리가 제일 큰 사람이니까!"

복도 너머에서 와르다크 선생님이 고함쳤다.

"거기, 목소리!"

우리는 서로를 안은 팔을 풀었다. 자라가 입 모양으로 '목소리!'라고 따라 했다. 자라의 티셔츠 문구가 힐끗 보였다. 'Welcome to *Thirst* day of your life'.

나는 오미와 눈빛을 교환했다. 오미의 눈이 이렇게 말하고 있었다.

'네가 세상에서 가장 강해. 작지만 단단해. 삿갓조개 껍데기처럼.'

나는 큰 소리로 대답했다.

"고마워."

오미는 얼굴이 빨개지며 대답했다.

"나 아무 말도 안 했는데."

자라가 말했다.

"어쨌든 밀라, 캘럼한테 그렇게 갚아 준 거 정말 끝내줬어. 사람들 앞에서 완전히 바보됐잖아."

"그러려던 건 아니었어. 그런 이유로 한 게 아니야."

자라는 고집을 꺾지 않았다.

"어쨌든 보이기는 완전히 그렇게 보였어. 그럼 넌 왜 그렇게 한 거야?"

"그냥… 그것밖에 방법이 없는 것 같았어. 그런데 아니었을지도 몰라.

펜더 선생님께 다 말씀드렸는데, 지금은… 솔직히 말하면 그런 일을 벌인 게 마음이 좋지 않아."

"밀라, 진심이야? 남자애들이 그렇게 굴었는데ー"

"그렇지만 모두가 준비한 공연을 그렇게 망칠 필요는 없었을지도 몰라. 모르겠어."

어색한 침묵이 이어졌다. 맥스가 나에게 한 걸음 가까이 다가왔다.

"그래서 펜더 선생님은 뭐라서? 캘럼 혼나는 거야?"

"잘 모르겠어. 선생님이 오늘 다시 이야기하자고 하셨어."

재러드가 말했다.

"난 캘럼이 정학 처분을 받아야 한다고 생각해. 퇴학을 당하든지."

맥스가 고개를 끄덕이며 말했다.

"그 애들 다 마찬가지야. 리오, 단테, 토비아스 다."

나는 속이 답답했다. 다음 단계는 그래야 할까? 너무 극단적인 것 같았다. 나는 그걸 바라고 있는 걸까? 화가 났고, 답답했고, 상처를 입었다. 이 모든 드라마가 지긋지긋했다. 그런 만큼 극단적인 결론이 내가 바라는 바는 아니었다.

결정

교실로 돌아오자마자 펜더 선생님에게 곧장 오라는 이야기를 들었다. 밴드부 연습실에 들어가기가 무섭게 선생님이 이야기를 꺼냈다.

"밀라, 좋은 생각이 있어. 너만 괜찮다면 전교 회의를 열려고 해."

"전교, 회의요?"

나는 차마 입에 담을 수 없는 단어라도 되는 듯, 한 단어씩 끊어 말했다.

"아니, 걱정하지 마. 전교생을 다 부르겠다는 게 아니니까! 회의에는 남자애들, 너, 그리고 네가 그 자리에 있었으면 하는 사람들만 참석하게 할 거야. 밀라, 참석자는 네 결정이야. 친구도 되고, 다른 선생님도 좋아. 널 맡은 상담 선생님도 당연히 좋고."

"제 상담 선생님은 출산 휴가를 가셨어요. 학교에 안 나오세요."

"그렇구나. 그렇다면 상담실의 다른 선생님이라도 좋아. 나도 당연히 참석할 거야. 온전히 네 편으로."

나는 침을 꿀꺽 삼켰다.

"잘 모르겠어요. 너무… 일이 커지는 것 같아요."

펜더 선생님은 내 손을 토닥였다.

"그렇게 들릴 수도 있어. 그렇지만 선생님이 보기에 지금 가장 중요한 건 남자애들에게 자신들의 행동이 왜 개인적인 일에 그치지 않는지 이해시키는 거야. 그런 행동은 실제로 이 학교 안의 우리 모두에게 영향을 끼치니까. 또 그 애들이 네 시점에서 네 언어로 듣는 기회가 될 거고. 물론 내가 곁에서 온전히 네 편이 될 거야."

펜더 선생님은 '내 편'이라고 또 말했다. 나는 전교 회의가 어떤 모습일지 머릿속에서 그려 보려고 했지만 아무것도 떠오르지 않았다. 누구에게 같이 가 달라고 부탁해야 할까? 분명히 자라는 아니다. 그러면 사미라? 오미? 맥스? 물론 내가 부탁하면 오겠다고 할 테지만, 내 친구들은 일부를 봤을 뿐이다. 다 보지 않았다. 그러니 나 자신도 말하지 못한 것에 대해 뭐라고 말할 수 있을까? 나는 솔직하게 말했다.

"잘 모르겠어요."

"당장 결정하지 않아도 돼. 오늘을 넘겨도 돼. 그렇지만 선생님 생각에는 빨리 처리할수록 좋을 것 같아."

나는 고개를 끄덕였다.

'빠를수록 좋아.'

펜더 선생님은 부드럽게 미소 지었다.

"그럼, 생각해 보고 결정하면 알려 줄래? 별 도움이 안 될 것 같으면 싫다고 해도 괜찮아. 그렇지만 이번 일은 선생님을 믿어 주면 좋겠다."

"네, 생각해 볼게요."

대답하면서도 나는 그게 내 목소리 같지 않았다.

리아나

토비아스의 그 일 이후로 나는 되도록이면 사물함 앞에 있지 않으려 했다. 엉덩이를 잡히는 일이 또 생길 것 같아서가 아니라, 그 앞에 있기만해도 신경이 날카로워져서. 그래서 수업이 끝나자마자 사물함 문을 열고 트럼펫, 수학 공책, 제일 좋아하는 까만 펜을 단숨에 꺼내고 재킷을 책가방에 밀어 넣었다. 사물함 문을 닫고 뛰쳐나가려는데, 오른쪽 어깻죽지에 가벼운 눌림이 느껴졌다.

나는 펄쩍 뛰었다. 리아나였다.

"휴우."

리아나가 재빨리 사과했다.

"미안해. 일부러 몰래 다가간 건 아니야. 그냥 돌아보게 하려고 했는데…"

나는 사물함 문을 짚었다.

"괜찮아. 그런데 무슨 일 있어?"

"아니. 그냥 잠깐 이야기할 수 있을까?"

리아나의 얼굴이 창백했다. 까만 눈을 둥그렇게 뜨고 있었고, 입술 양

끝이 입을 앙다무는 바람에 아래로 처져 있었다. 일부러 짓는, 아무것도 모른다는 평상시의 표정이 아니었다. 리아나한테 원래 주근깨가 있었나? 몰랐다.

리아나는 내 어깨 너머로 복도를 걸어오는 남자애들 무리를 힐끗 살폈다. 남자애들은 방학식이라도 된 듯 서로를 밀쳐 가며 왁자지껄 웃으며 신나게 떠들고 있었다.

리아나와 눈이 마주쳤다. 내가 말했다.

"그래. 어디 딴 데로 갈래?"

'여기 말고 어디든.'

리아나가 말했다.

"시내까지 같이 걸어가는 건 어때? 너 시간만 괜찮으면."

"시간 돼. 그런데 오후에 공수도 수업 가야 해서, 오래는 못 있을 것 같아. 잠깐만."

나는 핸드폰을 꺼내서 엄마에게 문자를 보냈다.

－ 엄마, 학교 끝나고 친구랑 잠깐 이야기할 게 있어서요. 아무 일 없으니까 걱정하지 마세요. 15분 뒤에 드러그 스토어 앞에 있을게요. 엄마랑 같이 E모션스 가도 돼요? 도복은 어제 차에 뒀으니까 공수도 갈 준비는 다 됐어요! 고마워요!♥

나는 하트 이모티콘을 넣었다. 그러자 엄마한테서 즉시 답장이 왔다.

－ 그래. 엄마가 도착하면 바로 갈 수 있게만 해 줘. 자리 오래 비워 둘 수 없

으니까!♥♥

    엄마의 문자에는 하트가 두 개 붙어 있었다. 나는 다시 세 개를 보냈다. 엄마하고 가끔 이모티콘 전쟁을 벌이면 거의 내가 빠르게 항복한다.

    리아나와 나는 말 없이 몇 분을 걸었다. 드러그 스토어 앞에서 리아나가 머뭇거리기에 나도 그대로 했다. 그렇지만 시간이 없어서, 나는 먼저 불쑥 물었다.

    "그런데 할 말이 뭐야? 재촉하고 싶지는 않은데—"

    "앗, 미안! 빨리 이야기할게. 우리끼리만의 이야기로 해 줄래? 지난 여름방학 때 일인데…"

    리아나는 이마를 찌푸리며 말을 이었다.

    "시내 수영장에서 어떤 일이 있었어. 어쩌면 너한테 벌어진 일이랑 비슷할 거야."

    "그러니까… 같은 애들이라는 뜻이야?"

    리아나는 신중하게 대답했다.

    "아니. 그때는 대니얼하고 루이스였어. 그렇지만 리오하고 토비아스도 가끔 왔으니까, 걔들도 무슨 일인지는 알아."

    나는 듣고 싶지 않았다. 그렇지만 들어야 했다.

    "무슨 일이었는데?"

    리아나는 조금 떨며 숨을 들이마셨다.

    "여름방학 동안 나는 아르바이트로 동네 꼬마를 봐 주고 있었거든? 그런데 걔가 수영을 못해서 내가 수영장에 같이 들어가 줄 때가 많았어. 그런데 대니얼이랑 루이스가 내가 모르는 남자애들이랑 작당해서 그 게임을 시작한 거야. 그러니까, 내가 보기에는 게임이었다는 뜻이야. 처음에는. 그런데 조금 지나니까 게임이 아니었어."

리아나는 소맷단을 손등까지 끌어 내렸다.

"그 애들은 수영장 물 아래에서 나를 계속 괴롭혔어. 나를 둘러싸면서 막아서고, 수영복을 잡아당기고, 내가 수영복을 입으니까 어떻게 보인다고 말하고. 끝도 없이."

"그래, 어디서 많이 들어 본 이야기다. 누구한테 말하진 않았어?"

리아나가 눈동자를 굴렸다.

"그 멍청한 오후 타임 안전 요원을 말하는 거라면 말해 봤자 아마 재미있다고 생각하고 말았을걸."

나는 아니라고 반박하지 않았다. 나도 그 안전 요원을 안다. 까만 머리의 고등학생으로, 장난치기를 좋아했다. 수영장에서 일어나는 일에는 아무 관심이 없었다. 이어폰을 꽂고 있는 것도 몇 번이나 봤다. 이어폰은 아마 불법일 것이다. 안전 요원에게는 분명히 불법이다.

"네가 돌봐주던 꼬마네 엄마한테는?"

"말해 봤지. 그런데 이러더라. '널 베이비시터로 쓴 건 우리 스카일러를 지켜보라는 뜻이었어. 남자애들하고 교제하라는 게 아니라.' 그걸 교제라고 하다니."

핸드폰이 부르르 떨렸다. 엄마에게 온 문자였다.

- 지금 E모션스에서 출발. 준비 부탁!!♥♥♥♥

하트가 네 개나 붙어 있었다.

- 오케이.♥♥♥♥♥

나는 하트를 다섯 개 붙여서 메시지를 보낸 다음 핸드폰을 도로 주머니에 넣었다.

"리아나, 그런데 왜 지금 말하는 거야? 여태까지 줄곧—"

"왜냐하면, 밴드부 공연이 속상했으니까! 그 이전에 너한테 아무 말도 하지 않은 게 속상했고! 네 편에 서지 않은 것도! 난 내가 네 편을 들면, 걔들이 나를 다시 괴롭히기 시작할 거라고 생각했어. 너무 이기적이었다는 거 알아. 밀라, 정말 미안해!"

리아나의 목소리가 떨렸다. 울고 있든지 아니면 곧 울 것 같았다. 나는 리아나를 감싸 안았고, 우리는 서로를 껴안았다. 둘 다 책가방을 메고 있었기 때문에 자세가 불편했다. 더구나 리아나는 자라만큼 키가 컸기 때문에 나는 팔도 위로 뻗어야 했다.

리아나를 껴안는 일은 내 머릿속에 작은 폭풍을 일으켰다. 복잡하고 다양한 감정이 미친 듯이 휘몰아쳤다. 나 혼자가 아니었다는 사실에 마음이 놓였다. 그리고 리아나가 안쓰러웠다. 우리 두 사람에게 그런 일이 벌어지게끔 놔 뒀다는 사실에 화가 났다. 이렇게 이야기하기까지 시간이 너무 오래 걸린 게 슬펐다.

리아나에게 묻고 싶은 게 많았다. 수영장에서의 그 일 뒤로 자기 몸이 이상해 보였을까? 남자애들이 보는 뭔가를 자신은 보지 못했나 의심했을까(그게 중요한 문제라고 생각했을까? 요즘의 나는 그렇지 않다는 생각이 든다)? 친구들과 대화하면 날이 서거나 사이가 어색해졌을까? 친구에게 말했다면? 누구에게든 말하기는 했을까? 그렇지만 지금은 그런 질문을 할

253

시간이 없었다. 그래서 제일 중요한 것만 물었다. 리아나는 그 일을 어떻게 끝냈을까?

리아나는 솔직하게 대답했다.

"내가 끝낸 게 아니야. '그냥' 여름방학이 끝났던 거야. 개학하고 나서는 네가 다음 타깃이 된 것 같았어."

나는 리아나의 눈길을 받으며 말했다.

"그래. 그냥. 그 애들이 수영장에서 너를 고른 게 그냥이었던 것처럼."

"그런 것 같아."

"아니, 리아나. 그런 것 같은 게 아니라 난 그렇다고 말하는 거야. 네가 빨리 말해 줬으면 좋았을 텐데. 그렇다고 너한테 화가 나거나 하지는 않아."

"다행이야. 네가 그럴까 봐 걱정했어. 이제 그 애들은 또 다른 애를 고르겠지만."

"아마 그러지 못할 거야."

"하, 과연 그럴까."

리아나는 바람이 새어 나간 풍선처럼 갑자기 축 처져 버렸다. 나는 전교 회의에 관해 마음을 정했다. 그리고 누구와 함께 가고 싶은지도.

기분

4교시 시작 시간에 맞춰 펜더 선생님은 의자를 완벽하게 동그란 모양으로 배치했다. 밴드부 연습실 가장 안쪽 창가에 의자 아홉 개가 놓였다.

"모두 편한 자리에 앉아 볼까요?"

펜더 선생님은 어린애 생일 파티 진행자처럼 말했다. 나는 어차피 다 같은 의자란 걸 알면서도 자리를 고르는 척했다. 내 옆자리에는 리아나가 앉았다. 리아나는 눈을 동그랗게 뜨고 있었는데, 얼굴이 창백해져서 주근깨가 도드라졌다. 내 반대편 옆자리에는 까만색 치마를 입은 펜더 선생님이 다리를 꼬고 앉았다. 리아나의 옆자리에는 처음 보는 젊은 여자 선생님이 앉았다. 짙은 색 머리에 체구가 작은 선생님이었다.

"밀라, 괜찮다면 내가 함께 참석해도 될까?"

친근하지만 너무 친근하지는 않은 목소리였다.

"나는 하비바라고 해. 원래 너를 맡으셨던 매니스캘코 선생님의 출산 휴가 동안 대체 교사로 일하고 있어. 그간의 내용은 펜더 선생님이 간략하게 공유해 주셔서 아마 모르는 부분은 없을 것 같아. 혹시 그 밖에 내가 먼저 알아야 할 내용이 있을까?"

나는 고개를 저었다. 입에서 짠맛이 났다. 머리도 어질어질했다.

'잘됐어. 하비비 선생님까지 하면 여자가 넷이니까. 상대는 농구부 남자애 넷이고. 공평해! 그런데 빈 의자가 다섯 개네. 왜 다섯이지?'

펜더 선생님은 빠른 걸음으로 연습실 앞쪽에 있는 자기 책상으로 가더니 화려한 대리석 무늬 텀블러를 가지고 돌아왔다.

"혹시 물 마실 분 계신가요?"

하비비 선생님이 대답했다.

"전 괜찮습니다. 텀블러 예쁘네요."

펜더 선생님이 상냥하게 대답했다.

"그쵸? 남편한테 생일 선물로 받은 거예요."

나는 리아나와 시선을 교환했다. 리아나가 눈으로 말했다. '할 수 있어.' 나도 눈으로 말했다. '너도야. 우리 둘 다 할 수 있어.'

밖에서 남자 목소리가 들렸다.

"들어가도 될까요?"

누군지 바로 알 수 있었다. 나를 상담했던 돌린 선생님이었다. 선생님은 '화기애애한 좌담회'를 열고 싶어 했다. 그렇다면 지금의 이 자리는 전교 회의가 아니라 화기애애한 좌담회일지도 모른다. 하지만 내 기분은 조금도 화기애애하지 않았다. 갑자기 식은땀이 솟았다. 어깨를 몸통에 연결한 실이 팽팽해지기라도 한 것처럼 어깻죽지가 당겼다.

펜더 선생님이 대답했다.

"네, 여기는 준비된 것 같습니다. 들어오세요."

그렇지만 펜더 선생님은 내가 혼란에 빠진 상태임을 눈치챘다. 선생님은 곧바로 따뜻한 손을 내 어깨에 얹었다.

"밀라, 돌런 선생님이 여기 함께 계셔도 괜찮을까? 결정권은 너한테 있으니까, 싫으면 싫다고 편하게 이야기해 줘."

나는 심호흡했다. 그사이에 돌런 선생님이 안으로 들어와 내 앞에 섰다. 선생님은 차분하고 진지하게 말했다.

"밀라, 네가 처음 왔을 때 도움을 못 줘서 미안하구나. 그렇지만 오늘은 꼭 참석하게 해 줬으면 좋겠다. 나 역시 들어야 할 내용이라고 진심으로 생각하고 있으니까. 그렇지만 만약 조금이라도 불편하다면, 그렇다고 말해 주면 바로 나가마."

나는 리아나를 쳐다봤다. 리아나는 고개를 끄덕였다.

"참석하시는 게 좋을 것 같아요. 정말로 들으신다면요."

리아나가 덧붙였다.

"저도 마찬가지예요."

"고맙다."

돌런 선생님은 빈 의자 중 하나에 앉았다.

또 작은 노크 소리가 들렸다. 리오와 캘럼, 토비아스, 단테가 들어왔다. 늘 보이던 농구부의 활기는 없었다. 표정은 어두웠고 말이 없었다. 운동화를 신고 있었는데도 바닥에 끼익 소리 하나 내지 않고 비어 있던 네 개의 의자에 앉았다. 캘럼과 단테는 연습실 안을 두리번거렸고, 리오와 토비아스는 바닥만 빤히 내려다봤다.

'겁먹은 거야.'

하마터면 안됐다는 생각이 들 뻔했다. 하마터면. 펜더 선생님이 말했다.

"자, 이제 시작하겠습니다. 모두 참석해 줘서 고맙습니다. 밴드부 공연에서 사건이 있었고 왜 그런 일이 벌어졌는지 알게 된 뒤, 저는 학교 공동체 차원에서 회의를 소집해야 한다고 생각했습니다. 이 일은 공동체인 우리에게 영향을 미치기 때문입니다. 아울러 이 회의 시간은 어떤 식으로든 밀라 본인이 생각하기에 가장 도움이 되는 방향으로 활용하기를 바랍니다. 회의와 관련한 모든 건 밀라의 선택입니다. 그럼, 시작하면서 먼저 발언하고 싶은 사람이 있습니까?"

펜더 선생님은 무대에 선 것처럼 나를 바라봤다. 지휘자로서 나에게 신호를 주는 것 같았다.

'음, 나한테 일장 연설이라도 바라시는 걸까?'

가슴이 철렁했다. 나는 고개를 저었다. 펜더 선생님이 하비비 선생님을 바라보자, 하비비 선생님이 차분하게 미소 지었다.

"발언하지 않아도 괜찮아, 밀라."

하비비 선생님은 모두에게 제안했다.

"이런 방법도 있어요. 간단한 연습 형태로 해 보죠. 먼저 밀라가 '어떠어떠한 기분이 듭니다' 또는 '어떠어떠한 기분이 들었습니다'라는 형식으로 문장을 만들 거예요. 그러면 남학생들이 차례로 그 문장을 따라 하세요."

단테가 너무 유치하다는 표정을 숨기지 않으며 물었다.

"밀라가 한 말을 따라만 하는 건가요? 한 글자 한 글자 그대로요?"

펜더 선생님이 대답했다.

"정확하게 말이지. 그렇게 하면 우리는 너희에게 밀라의 말이 들렸다는 걸 알게 되겠지. 더 나아가, 너희가 밀라의 말을 알아들었다는 걸 알 수 있을 테고."

펜더 선생님은 나를 향해 완벽하게 다듬은 눈썹을 치켜세웠다.

"어때? 해 볼래?"

나는 자세를 고쳐 앉았다. 솔직하게 말하면 하비비 선생님의 아이디어는 내가 생각해도 좀 유치한 것 같았다. 그렇지만 상관없었다. 어차피 나한테 더 좋은 아이디어가 있는 것도 아니었으니까. 나는 떨리는 숨을 들이마시고 말했다.

"여기에 앉아 있는 게 굉장히 불편한 기분이 듭니다."

펜더 선생님이 재빨리 일어섰다.

"밀라, 몰랐어! 다른 의자로 바꿔 줄까? 선생님 책상에 있는 의자가 더 편할 텐데—"

"아니, 아니요. 전 그냥 문장을 만든 거예요. '여기에 앉아 있는 게 굉장히 불편한 기분이 듭니다'라고요."

펜더 선생님이 미소 지었다.

"아, 그렇지! 자, 남학생들, 이제 너희 차례야. 밀라를 주어로 한 사람씩 문장을 따라해 보자."

"밀라는 여기에 앉아 있는 게 굉장히 불편한 기분이 듭니다."

"친구들과의 사이가 이상해져서 슬픈 기분이 듭니다."

그러자 리오가 말했다.

"다 좋다고 쳐, 그런데 그게 우리하고 무슨 상관이야?"

"아주 상관 있지. 그리고 리오, 너는 내가 한 말을 똑같이 따라 하기만 하는 거야."

돌런 선생님이 나를 보며 고개를 끄덕였다.

"밀라 말이 맞아."

"밀라는 친구들과의 사이가 이상해져서 슬픈 기분이 듭니다."

"무대에 올라가기 직전에 캘럼이 그 장난을 치자, 무척 화가 나는 기분

259

이 들었습니다."

"밀라는 무대에 올라가기 직전에 캘럼이 그 장난을 치자, 무척 화가 나는 기분이 들었습니다."

"득점표에 대해 알게 됐을 때 절망적인 기분이 들었습니다. 모욕적이었습니다."

"밀라는 득점표에 대해 알게 됐을 때 절망적인 기분이 들었습니다. 모욕적이었습니다."

"리오가 안아 달라며 거짓말했을 때 이상하다는 기분이 들었습니다."

"밀라는 리오가 안아 달라며 거짓말했을 때 이상하다는 기분이 들었습니다."

"사물함 앞에서 토비아스가 나를 잡았을 때 울고 싶은 기분이 들었습니다."

"밀라는 사물함 앞에서 토비아스가 밀라를 잡았을 때 울고 싶은 기분이 들었습니다."

"단테가 밴드 연습실에서나 버스 좌석에서 너무 가까이 앉았을 때 불쾌한 기분이 들었습니다."

"밀라는 단테가 밴드 연습실에서나 버스 좌석에서 너무 가까이 앉았을 때 불쾌한 기분이 들었습니다."

"캘럼이 나에게 운동장에서 게임을 해서는 안 된다고 말했을 때 화가 치미는 기분이 들었습니다. 그리고 트럼펫 연습을 그만해야 한다고 했을 때도—"

캘럼이 말을 잘랐다.

"펜더 선생님, 잠깐만요. 제가 밀라에게 운동장에서 게임을 해선 안 된다고 말한 건, 저와 밀라가 교감 선생님과 약속을 했기 때문이에요. 그걸 어겨서 혼나고 싶지 않았어요. 그때 트럼펫 연습을 그만하라고 한 건, 제가 선생님과 연습하기로 돼 있었기 때문이고요. 저는 먼저 준비를 해야 했어요."

하비비 선생님이 나에게 고개를 끄덕였다.

"밀라, 대답할래? 네가 하고 싶은 대로 해."

"캘럼이 다 차지하려고 할 때 답답하다는 기분이 들었습니다."

"내가 뭘 차지해?"

"모든 것을. 이 대화를. 공간을."

변경

이 방법은 15분간 진행됐다. 끔찍했고, 지쳤고, 무안했고, 창피했다. 그런데 끝에 가서는 깊은 안도감이 밀려왔다. 내가 생각나는 걸 모두 말하고 나자, 하비비 선생님은 남자애들에게 하고 싶은 말이 있는지 물었다. 그러자 리오가 기다렸다는 듯 나섰다.

"저 있어요. 변명하자는 건 아니지만, 개인적으로 감정이 있는 건 아니었어요. 밀라, 네가 정말 어떻다는 게 아니었어. 나는, 아니 우리 모두는 그냥 장난치고 놀자는 거였어."

"그런 게 아니었어."

토비아스가 목이 멘 듯한 목소리로 말하고는 표정을 일그러트렸다. 토비아스는 울고 있었다. 콧물을 훌쩍이며 어깨를 들썩였다. 그러자 하비비 선생님이 토비아스에게 티슈를 건넸다. 선생님은 주머니에 티슈를 항상 준비해 두는 게 분명했다.

리아나와 나는 눈빛을 교환했다. 리아나도 나만큼 어떻게 해야 할지 모르고 있었다. 토비아스가 훌쩍이며 말했다.

"나는 처음부터 쭉 우리가 잘못하고 있다는 걸 알았어. 그런데 그냥 다

하니까 한 거였어. 우리는 한 팀 같았잖아? 내 말은, 우리는 한 팀이야. 만약에 내가 '이제 밀라를 내버려 두자' '난 더는 하기 싫어' 이렇게 말하면 너희는 '그래, 좋아. 넌 이제 우리 팀에서 빠져'라고 말할 것 같았어."

리오가 토비아스에게 말했다.

"말하지 그랬어? 우린 네 말을 들었을 거야."

나는 콧방귀를 뀌었다.

"정말 그랬을까? 참 재미있다. 너희들 중 누구도 내 말을 안 듣던데."

리아나가 말했다.

"맞아. 너흰 듣지 않았어."

단테가 입을 비죽거렸다.

"그렇다면 우리가 잘못한 거였어. 밀라, 네 말을 듣지 않아서 미안해."

"나도 마찬가지야."

캘럼이 말했다. 캘럼은 나와 눈이 마주치자 눈길을 아래로 피했다.

아무 말 없이 시간이 1분 정도 흘렀다. 토비아스는 어느 정도 진정했지만 여전히 훌쩍였고, 하비비 선생님은 티슈를 몇 장 더 건넸다.

하비비 선생님이 돌런 선생님과 함께 먼저 연습실에서 나간 뒤, 펜더 선생님은 우리에게 사물함에 가서 각자 악기를 가지고 오라고 말했다. 믿기지가 않았다. 지금 연습을 하라고? 서로에게 이런 말들을 한 뒤에? 말도 안 되는 일이었다.

그렇지만 어쨌든 우리는 악기를 가지고 왔다. 우리가 모두 자리에 앉자, 펜더 선생님은 나에게 아무 악절이나 불어 보라고 했다. 도(C) 음으로만 시작하면 뒤는 마음대로 하는 거였다. 그러면 리아나와 다른 남자애들이 내 연주를 듣고 똑같이 따라 해야 했다. 한 번도 해 본 적 없는 연습인 데다, 생각처럼 쉽지 않았다. 그 와중에도 캘럼이 가장 잘한다는 사실은 놀랍지도 않았다. 나는 화가 났을 때조차 캘럼의 음악적 재능이 뛰어나다는 생각을 하지 않을 수 없었다.

우리는 이 연습을 하고 또 했다. 솔직히 말하면, 왜 하는지는 알 수 없었다. 연습이 끝나자 펜더 선생님은 깊이 생각해 보고 내린 결론이라며 지금부터 트럼펫 리더는 나라고 발표했다. 캘럼의 얼굴이 창백해지며 목소리가 변했다.

"네? 선생님, 이건 부당해요."

펜더 선생님은 조용히 말했다.

"캘럼, 이건 너한테 벌을 준다는 뜻이 아니야. 물론 선생님이 너에게 얼마나 실망했는지 너도 잘 이해하고 있을 거라고 믿는 것과는 별개로. 이건 지난 몇 주 동안 밀라의 집중력과 연습량을 인정한다는 뜻이야. 오늘 우리에게 공유한 수많은 일에 시달리면서도 말이야."

나는 운동화만 내려다봤다. 이 수업과 회의와 그 밖의 모든 것에 나는 녹초가 돼 있었다. 그런데도 희열이 느껴졌다. 트럼펫 리더? 이제 내가 펜더 선생님의 애제자 3순위라는 뜻일지도 몰랐다. 물론 나에게는 그럴 자격이 있었다. 내 트럼펫 실력은 우수했고, 나는 정말로 열심히 연습했다. 그렇지만 고개를 푹 숙인 채 말이 없는 캘럼을 힐끗 봤을 때, 미묘한 마음이 들었다.

그 뒤는 점심시간이었다. 매서운 바람이 불고 쌀쌀해서 밖에 나갈 날씨는 아니었다. 그런데도 운동장에는 사람이 많았다.

밖으로 나가자마자 맥스가 달려왔다.

"너 괜찮아?"

"응. 훨씬 나아졌어. 그리고 맥스, 네 말이 맞았어."

이런 대답을 하게 될 줄은 몰랐는데, 나도 모르게 말이 나왔다.

"무슨 말?"

"말하라는 거. 다른 사람들한테. 그때는 내가 너한테 이해 못 한다고 했는데—"

맥스는 손을 들어 내 말을 잘랐다.

"아냐, 잊어버려. 밀라, 우리 사이는 그대로야. 오늘 술래 안 잡기 할 거야? 나하고 재러드가 시작할 거야."

나는 거짓말을 했다.

"이따가 하러 갈게."

잠시 뒤, 한쪽 벤치에 혼자 앉아 있는 캘럼이 보였다. 캘럼은 후드티의 지퍼를 턱까지 올리고 핸드폰을 들여다보고 있었다.

'펜더 선생님의 결정에 아직도 화가 났겠지.'

나는 캘럼에게 다가갔다.

"안녕."

캘럼은 고개를 들고는 흠칫 놀랐다.

"밀라, 우리 6미터 이내에 있으면 안 돼."

"알아. 그래서 와르다크 선생님한테 이르게?"

캘럼은 핸드폰 화면을 껐다.

"나보고 뭐 어쩌라고? 사과는 벌써 했어. 다시는 그런 일 없을 거고. 최소한 나는, 다시는 안 해. 무슨 말을 더 어떻게 해야 할지 모르겠어. 다 멍청한 농담이었고, 잘못 나간 말이야. 그걸 그냥 계속해 버렸어."

캘럼의 목소리가 갈라졌다. 그의 머리카락이 세찬 바람에 나부꼈다. 캘럼은 손을 후드티 앞주머니에 집어넣었다. 나는 부드럽게 말했다.

"나도 자주 그래. 말이 잘못 나올 때가 있어. 사실 매번 그래. 그렇지만 말을 잘못한 뒤에는 속이 상하니까, 꼭 바로잡으려고 해."

'그게 아빠와 나의 다른 점이야.'

이제 캘럼은 나를 똑바로 바라보고 있었다.

"그래, 뭐. 네가 이 말을 믿을지는 모르겠지만, 우린 정말 너한테 상처 줄 생각은 없었어. 그냥 몰랐던 거야. 그렇지만 지금은 알아. 됐지?"

"됐어."

"할 말이 더 있어?"

캘럼은 한시라도 빨리 대화를 끝내고 싶은 사람처럼 물었다. 나는 숨을 들이마셨다.

"펜더 선생님이 이럴 줄은 몰랐다고 말하고 싶어서 온 거야. 네 자리를 나한테 준 거 말이야. 그러니까, 선생님이 나한테 미리 귀띔한 게 아니라고."

"상관없어."

"상관없다고?"

캘럼은 어깨를 으쓱했다.

"그래. 너한테 자격이 있으면 네가 리더를 하는 거야. 만약 없다면 내가 다시 찾아오는 거고."

"그렇다면 됐어."

우리는 서로를 쳐다봤다. 나는 하마터면 웃을 뻔하며 덧붙였다.

"그런데, 그렇게 되진 않을 거야."

경례

몇 주가 쏜살같이 지나갔다. 괴롭힘이든, 희롱이든, 뭐든, 그 일은 모두 끝났다. 운동장에서 캘럼과 이야기를 나눈 뒤로 나는 캘럼이 다시는 그런 일을 하지 않을 거라는 걸 알았다. 토비아스도 마찬가지였을 것이다. 리오와 단테는 정말로 미안해하고 있거나, 아니면 펜더 선생님의 반복 연습에 넌더리가 난 것일 수도 있었다. 그건 근육에 기억을 익히도록 만드는 것과 비슷한 것 같았다.

네 사람은 그와 별개로 다른 대가도 치렀다. 모두 3주 동안 방과 후에 남는 벌을 받았고, 교감 선생님은 네 사람을 농구부에서 쫓아냈다. 내년에 다시 들어갈 수는 있지만, 교감 선생님의 말에 따르면 "학교 공동체 전체를 존중한다는 사실을 입증한 뒤에야 가능"할 거였다.

펜더 선생님은 네 사람을 밴드부 전원에게 '밴드 연주자답지 않은 행동'을 한 것을 사과하게 했다. 나 역시 공연을 망친 것을 사과했다.

전교 회의가 있고 난 다음 주에는 하비비 선생님과 돌런 선생님이 다양한 특강을 기획했다. 2학년들은 반드시 참석해야 했다. 고등학교 선배를 비롯한 다양한 강사가 와서 '동의' '지켜야 할 선' '성희롱'을 주제로 강연

했다. 처음에는 그 자리에 앉아 있는 게 고문일 거라고 생각했는데, 어쩐 일인지 전혀 그렇지 않았다. 아마도 오미와 맥스, 재러드, 사미라, 애너벨, 리아나가 곁에 있어 준 덕분일 것이다. 자라도 전체 강연의 절반 정도는 곁에 있었다.

펜더 선생님이 발표한 대로 나는 트럼펫 리더가 돼 12월에 있을 공연에 집중했다. 이번 공연에는 내 독주도 있었다. 네 소절 정도였지만, 절대로 망치지 않겠다고 결심했기 때문에 미친 듯이 연습했다. 한번은 캘럼까지 내가 "찢어 버렸다"고 말했다. 캘럼으로서는 어마어마한 칭찬을 한 거라서 나는 고맙다고 했다. 캘럼은 얼굴을 붉혔다. 그 뒤로 우리는 서로 옆자리에 앉지만 이야기는 전혀 하지 않는다.

공수도 미친 듯이 연습했다. 엄마가 E모션스에서 일하는 날이 일주일에 엿새나 되는 덕분에 나는 수업에 절대 빠지지 않았다. 벌써 노란띠 승급 심사를 준비 중이고, 플랫 선생님에 따르면 실력은 거의 다 됐다고 한다. 한발 돌려차기를 익혀야 해서, 사미라와 짝이 됐다.

11월 말의 토요일, 나는 사미라와 연습에 열중하느라 도장에 들어온 사람을 알아보지 못했다. 곁눈질로 슬쩍 봤을 때 누군가가 평상복을 입고 들어왔고, 플랫 선생님과 입구에서 이야기를 나눴다.

갑자기 사미라가 킥패드를 아래로 내렸다.

"우앗! 밀라 브레넌, 잠깐만."

나는 사미라가 내 자세를 고쳐 주려는 줄 알았다.

"나 뭐 잘못했어?"

사미라가 문 쪽을 향해 눈을 가늘게 뜨며 대답했다.

"아니, 잘했어. 그런데 저기 지금 들어온 사람 보여? 누군지 알겠어?"

나는 고개를 돌렸다. 캘럼이 보였다. 재미있는 일이었다. 나는 이제는 캘럼 때문에 겁을 먹지 않는다. 화가 나지도 않고, 혼란스럽지도 않고, 어떤 기분도 느껴지지 않는다. 그런데 내 머리가 알고 있는 것을, 그러니까 내가 캘럼 벌리를 걱정할 필요가 없다는 것을 내 몸이 아직 배우지 못한 것 같았다. 가슴이 쿵쿵 뛰고 있을 때, 플랫 선생님이 나와 사미라를 향해 걸어왔다.

"밀라 브레넌, 돌려차기 실력이 많이 늘었네요. 휴식을 겸해서 새로 들어올 학생과 짝이 돼 주겠어요? 이 학생은 다음 학기에 농구부에 들어갈 때까지 몸을 유지하고 싶은데, 여기서 추가로 관리하고 싶다고 하네요. 그렇지만 공수도는 완전히 초보니까 기초부터 알려 줄 사람이 필요해요."

사미라와 나는 시선을 교환했다. 나는 플랫 선생님에게 천천히 물었다.

"문 옆에 서 있는 남자애 말인가요?"

플랫 선생님이 미소 지었다.

"그래요, 아는 사이인가요?"

사미라가 대답했다.

"그럼요. 아는 사이고말고요. 선생님, 그런데 이게 아주 좋은 아이디어는 아닌 거 같아―"

"아니, 나 할래."

나는 사미라의 말을 끊었다. 플랫 선생님이 나를 새로운 사람과 짝지어 준 것은 처음이었다. 나로서는 요청을 받은 것 자체가 진전이었다. 게다가 더는 캘럼을 두려워할 수 없었다. 그러고 싶지 않았다. 그렇지만, 배 속이 조여들고 손바닥에 식은땀이 나는 건 어쩔 수 없었다. 나는 그 상태로 플랫 선생님을 따라 캘럼이 기다리는 문 쪽으로 갔다. 캘럼은 나를 보자마자 얼굴이 붉어졌다.

"어, 안녕, 밀라."

나는 속마음보다 차분한 목소리로 대답했다.

"여기서는 밀라 브레넌이라고 불러야 해. 나도 널 캘럼 벌리라고 부를 거야. 그리고 낮은 띠가 높은 띠한테 경례해야 해."

캘럼은 농담인지, 놀리는 것인지 모르겠다는 듯이 물었다.

"내가 너한테 경례를 해야 한다는 뜻이야?"

"응."

캘럼이 어정쩡하게 경례하자 나는 제대로 된 경례를 했다. 두 발꿈치를 붙이고 팔은 옆구리에, 눈은 정면을 보며 허리를 숙였다.

"다시 해 봐. 내가 한 그대로 따라서 해 봐."

캘럼은 다시 허리를 숙였고, 이번에는 나아졌다. 나도 허리를 숙였다. 그러자 캘럼이 웃었다. 비웃음이 아니었다. 햇살이 구름 뒤에서 모습을 조금 드러낸 것 같은, 수줍고 엷은 미소였다.

어쩔 수 없었다. 나도 미소를 지었다.

"캘럼 벌리, 도장에서는 신발 벗어야 해. 양말도 벗고. 그런 다음 저쪽에 있는 매트로 와. 거기서 스트레칭을 할 거야."

캘럼이 얼굴을 찌푸렸다.

"스트레칭? 으윽. 스트레칭은 질색인데."

나도 인정했다.

"스트레칭은 누구나 안 좋아해. 그렇지만 중요하니까, 어쨌든 할 거야."

나는 매트 한쪽에 서서 캘럼을 기다렸다. 잠시 뒤 캘럼은 바닥을 믿지 못하기라도 하는 듯 어정쩡한 자세로 걸어왔다.

정말 이상했다. 누군가의 맨발을 처음으로 보면 그 발은 너무… 미약해 보인다. 나는 힐끗 캘럼의 얼굴을 쳐다봤다. 그러자 눈이 마주쳤다. 캘럼의 표정은 트럼펫을 불 때처럼 진지했다. 나는 간단히 호흡하고 캘럼에게 물었다.

"준비됐어?"

"준비됐어."

나는 활달하고 우렁차게 말했다.

"좋아! 캘럼 벌리."

그 말이 내 귀에 닿은 순간, 나는 그게 조금도 내 목소리 같지 않다고 생각했다. 그렇지만 곧, 생각이 달라졌다.

'어쩌면 그럴지도 모르지. 어쩌면 이게 내 진짜 목소리인 거야.'

나는 캘럼에게 말했다.

"매트 위로 올라와. 이제 시작할 수 있겠어."

너를 좋아해서 그런 거야

초판 1쇄 펴냄 2021년 10월 8일
      2쇄 펴냄 2022년 5월 25일

지은이 바바라 디
옮긴이 김선영

펴낸이 고영은 박미숙
펴낸곳 뜨인돌출판(주) | 출판등록 1994.10.11.(제406-251002011000185호)
주소 10881 경기도 파주시 회동길 337-9
홈페이지 www.ddstone.com | 블로그 blog.naver.com/ddstone1994
페이스북 www.facebook.com/ddstone1994 | 인스타그램 @ddstone_books
대표전화 02-337-5252 | 팩스 031-947-5868

ISBN 978-89-5807-851-7 03840